Gulliver Taschenbuch 755

Margaret Klare wurde 1932 in Essen geboren und verbrachte dort ihre Kindheit und Jugend. Sie studierte Germanistik, Sprachwissenschaft und Französisch in Bonn und Nancy. Neben ihrer Lehrtätigkeit in Schule und Hochschule veröffentlichte sie literaturwissenschaftliche Aufsätze und arbeitete an Sprachbüchern mit. Sie schreibt Lyrik, Kurzprosa, Hörspiele und Kinder- und Jugendbuchtexte. Zur Zeit lebt sie in Bad Honnef.
Im Programm Beltz & Gelberg erschienen von ihr verschiedene Texte in Anthologien und die Kinderbücher *Heute nacht ist viel passiert* (Peter-Härtling-Preis für Kinderliteratur) und *Liebe Tante Vesna* (Kalbacher Klapperschlange).

Margaret Klare

Hallo, hier ist Felix!

Erzählung

BELTZ
& Gelberg

Hallo, hier ist Felix! wurde mit dem zweiten Preis des Jan-Procházka-Literaturpreises 1993 ausgezeichnet.

Dieses Buch ist auf Papier aus
chlorfrei hergestelltem Zellstoff gedruckt.

Gulliver Taschenbuch 755
1996 Beltz Verlag, Weinheim und Basel
Programm Beltz & Gelberg, Weinheim
Lizenzausgabe

Reihenlayout und Einband von Wolfgang Rudelius
Gesamtherstellung Druckhaus Beltz, 69494 Hemsbach
Printed in Germany
ISBN 3 407 78755 3
1 2 3 4 5   00 99 98 97 96

1.

Einmal alleine zu McDonald's gehen.
Einmal. Ganz alleine. Ohne Angst.
Direkt rein in den Laden. An der Schlange vor der Theke vorbei.
»He, he«, schreien sie, »das Ende ist immer noch hinten!«
Na und? Weitergehen. Bis ganz vorne. Über die Theke brüllen:
»Einen Big Mac mit Ketchup, eine Cola!«
Keiner wagt mehr, was zu sagen. Das Mädchen hinter der Theke legt den Big Mac auf ein Tablett, stellt die Cola daneben, tippt die Preise in die Kasse. »Fünf Mark achtzig!« sagt sie.
Das Geld laut hinzählen. Ganz laut. Das Tablett nehmen.
»Mit Ketchup! Hab ich doch gesagt! Oder?«
Sie wirft das Ketchuptütchen rüber. Mensch, das ist einer! denkt sie. Der steckt hier alle in die Tasche.
Dann langsam umdrehen. Ganz lässig. Einen Tisch suchen. Einen, wo schon welche sitzen. Hingehen.
»Ist frei hier?«
»Nein, alles besetzt!«
»Das seh ich anders.« Er zeigt auf einen leeren Stuhl.
»Der da sitzt, holt sich gerade was.«
»Sag ich doch: da sitzt keiner!« Er setzt sich langsam nieder.

Sie fangen an zu meutern. Aber er macht sie fertig – mit Worten. Redet immer weiter. Mehr als sie alle zusammen. Wer am meisten redet, gewinnt. Immer. Das weiß er. Hat es oft genug erlebt. Wenn sie ganz klein sind, fragt er: »Hat jemand gestern abend den Film gesehen im Fernsehen? Den mit Robert Mitchum mein ich.«
Sie schütteln die Köpfe. »Zu spät!« sagt einer.
»Wieso zu spät? Für mich nicht! Klasse Film! Echt stark!«
Und dann erzählt er ihnen den ganzen Film, in allen Einzelheiten. Vergißt nichts. Die von den Nachbartischen rücken näher.
»Lauter!« schreien sie. Er steigt auf einen Stuhl.
Mensch, kann der erzählen! denken alle.

Das wäre das Größte gewesen. Aber davon konnte Felix nur träumen.
Er zog den Parka an, ging zur Wohnungstür.
»Wohin willst du denn?« fragte die Mutter aus der Küche.
Felix fühlte wieder das Hämmern im Kopf. Verschwand schnell nach draußen. Lief durch die Siedlung, bis zur Hauptstraße. Weiter in die Stadt, über den Marktplatz. Vor McDonald's blieb er stehen. Holte tief Luft. Wollte reinstürzen. Ganz schnell rein! Aber da drängten zwei riesige Typen raus.
»He, Kleiner, langsam!«
»Der ist ja ganz außer Puste! Bist wohl der Mama weggerannt!«
Nur durch! dachte Felix.

»Moment! Nicht so eilig! Hast doch sicher ’ne Menge Geld in der Tasche! Oder? Laß mal sehen!«
Sie keilten ihn ein.
»L-l-la-laßt mich l-los!«
Die beiden Typen lachten sich schief. »Der stottert ja vor Angst! Mach dir bloß nicht in die Hose!«
Einer stieß ihn nach hinten. Felix drehte sich blitzschnell um und rannte weg.
Verflixt! Mußten diese miesen Typen ausgerechnet jetzt erscheinen? Wo er es endlich einmal wagen wollte! Alleine! Nicht mal reingekommen ist er! Schon vor der Tür war alles zu Ende! Felix fühlte seinen Körper schwer von Traurigkeit und mußte sich anstrengen voranzukommen.
Wenn er mit anderen hinging, war alles viel leichter. In ihrem Schutz konnte er so tun, als spräche er wie sie. Dann war das Bestellen kein Problem. Natürlich konnte er nicht wählen, was er wollte. Er wußte ja nicht, ob er gerade die Wörter rausbringen würde, die er brauchte. Also stellte er sich hinter einen seiner Freunde und nahm dasselbe wie der. Dann genügte es, auf dessen Tablett zu zeigen und zu warten, bis das Mädchen hinter der Theke fragte: »Dasselbe?« Dann nickte er oder ließ die Augendeckel runterfallen. Wenn er ganz gut drauf war, machte er erst noch ein paar Faxen, tat so, als ob er überlegte: verdrehte die Augen, wiegte den Kopf hin und her oder legte die Hand an die Stirn. Sie sollte denken, sein Problem wär nichts anderes als die Qual der Wahl.
Felix lief weit. Nach Hause wollte er jetzt noch nicht.

Vielleicht war auf dem Schulhof was los. Manchmal spielten sie da nachmittags Fußball. Das wär jetzt das Richtige!
Aber auf dem Schulhof war alles still. Nur ein paar Mädchen saßen auf der Mauer. Marion war dabei.
Die aus der Acht, dachte Felix.
»Hallo!« riefen sie. »Komm mal rüber!«
Jetzt müßte er es bringen! Wenigstens »hallo«! Aber da war wieder der Kloß im Hals. Als ob ihm jemand vor die Kehle geschlagen hätte! Scheiße! Er hob den Arm, winkte, versuchte, ganz cool zu lächeln. Es wurde eine Grimasse. Das fühlte er.
»Hallo« müßte er doch wenigstens schaffen! Er drehte sich weg und probierte. »Ha-ha-hallo«, kam es hechelnd aus seinem Mund.
»Kannst uns helfen!« rief eines der Mädchen. »Wir machen Mathe!«
»Keine Zeit!« rief er zurück. Das hatte geklappt. Gott sei Dank.
Er lief weiter. Die Mädchen lachten. »Der hat doch nie Zeit!«
Er drehte sich noch mal um, winkte.
Mal mit ihnen reden können! Sagen, was man denkt. Einfach so. Die Wörter fließen lassen. Ohne Krampf im Hals. Die würden alle sehen, wer er wirklich ist. Er würde ihnen die tollsten Sachen hinfetzen. Sie würden staunen. Er könnte der Beste sein in der Klasse!
Oft, wenn die anderen blöd dasaßen und sich nicht meldeten, hatte er die Antwort im Kopf und wagte nicht, den Arm

zu heben, weil er es nicht rausbringen konnte. Und manchmal tat er so, als wüßte er etwas nicht – weil es schlimmer war, es nicht sagen zu können, als es nicht zu wissen.
Ein richtiger Teufelskreis!
Verdammt! Er hätte den Mädchen gerne die Aufgaben erklärt. Vor allem Marion.
Wenn er sie bloß mal ansprechen könnte!

Felix' Noten waren in den letzten Jahren von Zeugnis zu Zeugnis schlechter geworden. Er war es leid, nur für die schriftlichen Arbeiten zu pauken, wollte mitreden und sagen, was er wußte. Manchmal im Unterricht spürte er Lust, sich zu melden – so große Lust, daß die Angst vor dem Stottern weggedrückt wurde. Aber dann überfiel ihn eine andere Angst: Wenn er es jetzt schaffen würde zu reden, dann würde man ihn nicht mehr schonen. »Der kann ja reden, wenn er will!« würden sie sagen.
Dieser Gedanke fiel jedesmal wie eine Schranke vor seinen Mut. Am Ende der neunten Klasse kriegte er einen blauen Brief. Er stand in mehreren Fächern auf der Kippe.
In letzter Zeit hatte er sich besonders schlecht gefühlt. Jeden Mittag Kopfschmerzen. Die Hausaufgaben – eine Quälerei! Da hatte er einfach nichts mehr getan.
Der blaue Brief schlug zu Hause wie eine Bombe ein und machte alle stumm. Das war das Schlimmste an der Sache: daß die Eltern nicht sprachen und seine Schwester Birgit ihm aus dem Weg ging!
Felix dachte an die bevorstehenden Ferien am Meer. Wenn

sie alle erst dort wären, würden sie den verdammten Brief vergessen.
Nach ein paar Tagen sagte die Mutter: »Ferien kannst du jetzt natürlich nicht machen! Vater fährt mit Birgit allein. Ich bleib bei dir. Frau Wacker ist bereit, dir Nachhilfeunterricht zu geben. Dreimal in der Woche kannst du zu ihr kommen.«
»Nein!« schrie Felix. »Ich will ans Meer!«
»Meinst du, ich nicht!« schrie die Mutter zurück. »Es ist ja nicht meine Schuld, daß wir hierbleiben müssen!«
Felix schluckte seine Wut hinunter. Sie hatte ja recht. Aber es war gemein, daß sie auf seine Enttäuschung auch noch Schuldgefühle packte!
Er hatte sich so auf die Ferien gefreut! Und sich heimlich vorgenommen, allein bis zum Ende der Sandbucht zu laufen, wo die Felsen steil ins Meer fielen. Wo kein Mensch war. Da wollte er schreien, gegen das Tosen der Wellen, die sich dort mit Wucht an den Klippen brachen. Nur schreien! Bis alles rausgeschrien wär. Am Meer würde es gehen. Am Meer würde nichts stören. Sein Schreien würde wie ein Widerhall sein.
Aber die Ferien fielen aus.
Felix büffelte sechs Wochen lang. Er bestand die Nachprüfung und wurde versetzt.
Am ersten Tag des neuen Schuljahres ging er wie immer morgens aus dem Haus und fuhr mit dem Fahrrad die gewohnte Strecke. Aber auf halbem Weg drehte er plötzlich ab, nahm eine andere Richtung, landete am Rhein und setzte sich auf eine Bank. Da blieb er lange. Der Anblick der vor-

beiziehenden Schiffe tat ihm gut. Sein Kopf war leicht und frei. Gegen Mittag fuhr er nach Hause.

»Was ist?« fragte die Mutter. »Bist du zufrieden mit deinen Lehrern?«

Felix nickte.

»Und der Stundenplan?«

»N-n-noch nicht.« Fast hätte er die beiden Wörtchen nicht rausgekriegt. Er verschwand schnell nach oben.

In den nächsten Tagen war er entweder am Rhein oder im Zoo oder, wenn es draußen zu kalt war, im Bahnhofskino oder in Kaufhäusern in der Stadt.

Einmal leistete er sich eine Schiffahrt.

Es waren nur ein paar Leute an Deck, lehnten hier und da an der Reling und sahen zum Ufer oder ins Wasser unter sich. Keiner sprach. Nur das Tuckern des Motors war zu hören. Felix stand über der Stelle, wo die Schiffsschraube eine tiefe Furche zog. Wer da reingerät ..., dachte er und wechselte den Platz. Er kannte alle Orte an den Ufern rechts und links, denn die Eltern waren früher oft mit Birgit und ihm die Strecke abgefahren und hatten die Namen so lange wiederholt, bis die Kinder sie im Gedächtnis hatten. Felix waren diese Ausflüge immer verhaßt gewesen. Jetzt war er glücklich. Und als er das Schiff verließ, hatte er das Gefühl, aus einem sehr schönen Traum zu erwachen. Zu Hause empfing ihn der Vater.

»Wir müssen mit dir reden.«

Die Mutter saß mit rotgeweinten Augen im Wohnzimmer. Felix wußte sofort, was los war.

»Wir waren vorhin bei deinem Direktor«, begann der Vater. Dafür hat er sich freigenommen! schoß es Felix durch den Kopf.
»Er meint, du brauchtest Hilfe«, fuhr der Vater fort.
»Wir wollen ja alles tun!« sagte die Mutter.
Dann war es still.
Felix sah sich im Geiste auf dem Schiff, sah die Furche im Wasser und die stillen Menschen, in weitem Abstand voneinander.
»Herr Büscher hat von einem Zentrum für Sprachgestörte in Niederburg gesprochen. Sie sollen da tolle Erfolge mit Stotterern haben. Vier Monate dauert eine Therapie. Er glaubt, daß man dir dort helfen kann.«
Therapie! dachte Felix. Wenn ich das Wort schon höre …!
»Du würdest dich bestimmt wohl fühlen – da – mit den anderen!«
Stotterschule! Felix fiel der Witz ein: von dem Jungen, der in eine Stotterschule gehen soll und meint: »Wozu denn? Ich kann es doch schon!«
»Wir werden dich auch besuchen, an den Wochenenden. Vielleicht kannst du auch manchmal nach Hause kommen«, sagte die Mutter.
»Vier Monate sind schnell vorbei. Und wenn du nachher besser sprechen kannst …«
»Nein!« schrie Felix. »Ich will nicht! Laßt mich in Ruhe. Ich brauch keine Therapie. Ihr sollt mich in Ruhe lassen!«
Die Sätze kamen wie am Fließband. So war es immer, wenn die Wut schneller war als die Angst.

»Herr Büscher möchte gerne mit dir sprechen. Wenn du willst, heute nachmittag bei sich zu Hause. Du weißt ja, wo er wohnt«, sagte der Vater ruhig. »Er kann dir das alles viel besser erklären als wir.«
Felix stand da, starrte auf ein Bild an der Wand und fühlte, wie ihm die Gedanken wegschwammen und ein scharfer Schmerz sich in seinen Kopf bohrte. Jetzt wollen sie mich loswerden! dachte er.
»Überleg es dir«, sagte die Mutter. »Wir werden dich nicht zwingen. Du mußt selbst entscheiden.«

Am Nachmittag ging Felix in die Joachimstraße. Er mochte den Direktor gern, vor allem wegen seiner angenehm tiefen Stimme, die fast wie ein Brummen klang.
Felix' Herz raste, als er vor dem Haus stand. Und zur Begrüßung brachte er kein Wort heraus. Herr Büscher führte ihn in sein Arbeitszimmer und kam sofort zur Sache.
»Ich werde dir alles sagen, was ich über die Therapie weiß.«
Vor lauter Verblüffung darüber, daß der Direktor mit keinem Wort sein »Fernbleiben vom Unterricht« erwähnte, kriegte Felix anfangs nur Fetzen von dem mit, was er erklärte. Aber langsam wurde sein Herz ruhiger, und er konnte zuhören. Das klang alles wirklich gut.
Am Schluß sagte Herr Büscher: »Aber es hat nur dann Sinn, wenn du die Hilfe willst. Denk in Ruhe darüber nach. Du kannst jederzeit zu mir kommen und mit mir reden.«
Felix sah ihn an, als hätte er ihm eine Ohrfeige gegeben.
Das letzte hätte ich weglassen sollen! dachte der Direktor.

»Wir werden uns schon verständigen«, sagte er leise.
Als Felix an der Haustür war, legte er ihm seine Hand auf die Schulter. »Seh ich dich morgen früh in der Schule?«
Felix nickte.
»Moment, das Wichtigste hab ich vergessen. Komm noch mal rein.«
Sie gingen zurück.
»Was hältst du davon, wieder in die Neun zu gehen? Da hast du doch bessere Chancen. Vor allem, wenn du die Therapie machst. Dann bist du vier Monate weg!«
Felix dachte an das Pauken vor der Nachprüfung, an die verlorenen Ferien. Alles umsonst! Aber er dachte auch an die letzten drei Wochen – am Rhein und so. Und er dachte daran, daß Marion in der Neun war.
»Ich meine, es wäre vernünftiger«, sagte der Direktor und fing an, auf seinem Schreibtisch zu wühlen. »Hier! Der Stundenplan für die Neun. Komm morgen in der Pause in mein Zimmer, und sag mir, wie es dir geht.«
Er will nur kontrollieren, ob ich wieder schwänze! dachte Felix. Aber ehe er richtig wütend werden konnte, hatte der Direktor ihm die Hand gegeben. Und da fühlte Felix etwas, das ihm den Magen wärmte.
Als er am nächsten Morgen in das Direktorzimmer kam, hatte Herr Büscher gerade ein langes und anscheinend wichtiges Telefongespräch. Er machte Felix ein Zeichen, sich zu setzen.
Es dauerte. Felix wartete mit klopfendem Herzen. Endlich sagte der Direktor in den Apparat hinein: »Moment bitte!«,

hielt die Sprechmuschel zu und wandte sich an Felix: »Ist was Besonderes?«
»Nein«, wollte Felix sagen. Aber er kriegte es nicht raus und schüttelte nur den Kopf.
»Dann sehen wir uns später, ja?«
Felix verschwand sofort. Er war tief enttäuscht. Was Besonderes? Er sollte ihm doch sagen, wie er sich fühlte! Nicht besonders – das war klar!
In der folgenden Zeit ging er dem Direktor aus dem Weg. Er wollte auch gar nicht an die Therapie denken. Vier Monate weg von zu Hause! Alleine!
Die Eltern sagten nichts. Aber Felix sah ihre fragenden Blicke – immer wieder.

2.

Anfangs glotzten und quatschten ihn einige in der neuen Klasse blöde an. Dann ließen sie ihn in Ruhe.
Für Felix lief alles wie gewohnt: mit ständiger Angst vor dem Sprechenmüssen und häufigen Kopfschmerzen. Aber er sah Marion jetzt jeden Tag. Und die Lehrer waren in Ordnung – fast alle.
Mit Frau Löser hatte er ein Abkommen getroffen. Sie wollte ihn nur aufrufen, wenn er sich meldete. Aber das würde er nie wagen.
Felix hatte das Gefühl, daß Frau Löser ihn wirklich verstand. Die anderen Lehrer riefen ihn auch nicht auf; aber es gab keine Absprache zwischen Felix und ihnen. Das war ein wesentlicher Unterschied. Als Frau Löser ihn nach der ersten Stunde gefragt hatte, ob er es so wollte, hatte er sich ziemlich dumm angestellt, weil er dachte, sie wollte ihn auch nur ermutigen wie die Mutter und alle anderen, die immer daherkamen mit ihren Sprüchen: »Du mußt es einfach wagen! Ins Wasser springen!« und so weiter. Aber dann hatte sie ganz ruhig über sein Stottern gesprochen, ganz ohne Mitleidsmiene. Das war echt gut, fand er.
Die anderen Lehrer sagten gar nichts. Sie nahmen ihn nicht dran, weil sie vorgewarnt waren, oder ließen ihn in Ruhe, wenn sie gemerkt hatten, was mit ihm los war. Ihr Verhalten

empfand er nicht nur als Schonung, sondern auch als Gleichgültigkeit.
Frau Löser war prima. Und daß sie ausgerechnet Geschichte gab, Felix' Lieblingsfach – nach Musik! Er war sicher, daß er seine erste Stunde bei ihr nie vergessen würde: wie sie über die Anfänge des Nationalsozialismus in Deutschland gesprochen hatte! Da war atemlose Stille in der Klasse gewesen.
Wenn Felix nur reden könnte! Hundert Fragen würde er ihr stellen, sie so richtig ausquetschen, mit ihr diskutieren. Aber er wagte ja nicht mal, sich zu melden.
Verdammt! Jetzt hatte sie ihn doch aufgerufen! Das war, als ob ein Pfeil durch ihn schlüge, von oben nach unten, mittendurch.
In Deutsch hatten sie eine Erzählung von Musil gelesen, »Die Amsel«. Da hat auch einer solch einen Pfeil gespürt, einen sogenannten Fliegerpfeil. Spitze Eisenstäbe sind das, von Flugzeugen aus großer Höhe abgeworfen. Wenn so ein Ding den Schädel trifft, dann kommt es erst an den Fußsohlen wieder heraus, heißt es in dem Text. Und was dann noch weiter von dem Pfeil gesagt wird, das hat Felix richtig umgehauen: daß man nicht nur Schrecken und Entsetzen fühlt, wenn er einen trifft, sondern auch noch etwas ganz anderes, etwas unsagbar Schönes.
Genauso war es bei Felix. Er wußte keinen Namen für dies andere, hätte niemandem sagen können, was es war, konnte es nur fühlen und sich daran erinnern und manchmal davon träumen. Er glaubte, daß es mit dem Sprechen zu tun hatte,

weil es ganz tief in ihm war – wie seine Sprache. Und manchmal kam ihm der Verdacht, daß er es mit keinem teilen wollte und darum ganz fest in sich verschloß. Ihn hatten schon viele Pfeile getroffen. Jedesmal, wenn jemand seinen Namen rief, spürte er einen.

Frau Löser war längst weitergegangen, weil Felix überhaupt nicht reagiert hatte.

Nach der Stunde kam sie zu ihm. »Tut mir leid! Ich hab es einfach vergessen. Und es sah so aus, als wolltest du unbedingt etwas loswerden.«

»Macht nichts!« sagte Felix ohne Anstrengung und fühlte sich plötzlich richtig wohl. Sie hatte recht. Er hatte in dem Augenblick wirklich etwas sagen wollen, sich aber nicht getraut.

Robert war jetzt auch in seiner Klasse.

Sie mochten ihn nicht. Ein Spinner! Beschäftigte sich mit Sachen, die die anderen total abwegig fanden. Wenn er wenigstens die Klappe gehalten hätte! Aber der mußte immer reden. Manchmal hörten sie sich den Blödsinn an, taten so, als ob es sie interessierte, und lachten nachher darüber. Irgendwie tat er ihnen auch leid. Eine halbe Portion, die jeder wegpusten konnte!

Felix ging ihm aus dem Weg. Bei einem, der so perfekt sprach, hielt er es nicht lange aus. Dem gingen die Wörter wie geschmiert über die Lippen. Felix fiel immer der Maulbrüter ein, wenn er Robert reden hörte. Wenn der seine Jungen aus dem Maul herausläßt, ist das genauso: Das wimmelt

und schwimmt und fließt ohne Anstrengung und ohne jedes Hindernis.
Eines Mittags nach der Schule wartete Robert auf Felix.
»Kommst du ein Stück mit?«
Felix nickte, obwohl er überhaupt keine Lust hatte, mit dem Schwätzer zu gehen. Aber Robert redete gar nicht, sondern lief einfach so neben Felix her. Wenn der einen Schritt machte, mußte Robert zwei tun. Felix sah ihn von der Seite an. Was wollte er nur?
Sie waren schon ein ganzes Stück gegangen, da wandte Robert sich zu ihm. »Darf ich dich mal was fragen?« Felix nickte.
»Seit wann hast du das? Ich meine, seit wann weißt du es? Oder war das bei dir schon immer so – mit dem Sprechen, mein ich.«
Felix sah rot. Der war wohl übergeschnappt! Das hatte ihn noch keiner gefragt in der Schule. Was ging es den an, seit wann er stotterte. Robert merkte, wie seine Frage Felix getroffen hatte.
»Hör mal«, sagte er, »wenn du nicht darüber reden willst! Ich dachte nur. Es interessiert mich, weißt du. Ich hab da gerade was gelesen. Über Suggestion und so. Unheimlich interessant. Und da hab ich immer an dich gedacht. Da werden nämlich auch solche Fälle ... ach, entschuldige, ich wollte dich nicht ..., ich wollte doch nur wissen ...«
Jetzt war Felix überrascht, nicht nur über Robert, auch über sich selbst. Die Wut, die ihn vorhin gepackt hatte, war verflogen. Er fühlte Roberts Verlegenheit, sah, wie der nach Wor-

ten suchte und unglücklich war, weil er sich nicht verständlich machen konnte. »Schon gut! Macht nichts!« sagte er. Es kam ganz leicht raus.
Robert schwieg verlegen.
»Ich war noch sehr klein«, sagte Felix – nicht ganz so glatt wie vorher, aber besser als meistens.
Jetzt war Robert wieder ganz da. »Erinnerst du dich? War da was Besonderes? Ein Erlebnis oder so?«
Felix schüttelte den Kopf. »Weiß nicht. Aber was ist mit dem Buch über S-Su-Su-Sug-gestion?« Das Wort brauchte sehr lange, bis es ganz da war.
»Kann ich dir leihen«, sagte Robert. »Wenn du mit bei mir vorbeikommst, kriegst du es sofort. Sonst bring ich es dir morgen mit. Wenn du willst.«
»M-m-morgen!« sagte Felix und ging in die andere Richtung. Scheint doch nicht so ein Spinner zu sein! dachte er. Und die Worte fehlen ihm auch manchmal. Hätt ich nicht gedacht!
Er fühlte sich Robert irgendwie nah. Näher als vielen in der Klasse – und auch näher als denen zu Hause.

Roberts Frage schob sich immer wieder zwischen Felix' Gedanken. Seit wann? Seit wann war das mit dem Sprechen? Die Mutter erzählte immer wieder, er hätte als kleines Kind eine Zeitlang gestottert. Danach aber wäre er völlig normal gewesen. »Ein lebhaftes, lustiges Kind! Und reden konnte er! Bis es wiederkam. Auf einmal. Im zweiten Schuljahr. Wie angeflogen!« Und dann folgte der Seufzer.

Felix hatte es unzählige Male gehört – und schwer ertragen. Immer, wenn sie das Wort »normal« aussprach, hätte er schreien können vor Wut.
»Solche Fälle«, hatte Robert gesagt. Wenn Felix nur gewußt hätte, seit wann er solch ein Fall war! Er hatte nur vage Erinnerungsgefühle, aber keine klaren Vorstellungen.
Roberts Frage ließ ihn nicht los, bohrte in seinem Gedächtnis, bis es längst vergessene Bilder freigab.
Felix sah sich als Kind:
Er war noch sehr klein. Sie verbrachten die Ferien auf einem Bauernhof. »Für die Kinder ist es das Beste«, hatte der Vater gesagt. Felix war gerne dort. Birgit langweilte sich. Sie wär lieber in Italien oder Spanien gewesen – wie andere Kinder aus ihrer Klasse. Die Mutter wollte sich nur ausruhen, der Vater nur wandern. Er nahm die Kinder mit. Sie stapften täglich durch die Gegend. Und Felix fiel oft vor Müdigkeit über seine Beine. Einmal hatten sie sich verirrt. Der Vater faltete die Wanderkarte immer wieder auf, konnte aber den Weg nicht finden. Sie waren irgendwo auf einem Feld. Felix erinnerte sich an eine lange Hecke. Sonst nichts. Plötzlich stand eine alte Frau vor ihnen. Er hatte sie nicht kommen sehen und erschrak fürchterlich. Sie war unglaublich häßlich. Noch nie hatte er einen solchen Menschen in Wirklichkeit gesehen. Wohl als Bild im Märchenbuch. Felix zitterte vor Angst. Die Frau stützte sich auf einen knorrigen Stock und sah den Vater von unten herauf an. Felix faßte Birgits Hand. Der Vater ging nah an die Frau heran und fragte sie nach dem Weg. Da hob sie ihren Stock und fuchtelte damit

in der Luft herum. Felix glaubte, sie wollte auf den Vater losgehen, aber der Stock blieb in der Luft stehen und zeigte in eine Richtung. Die Frau riß den Mund auf. Es kam nur ein Laut heraus, immer nur ein Laut, derselbe Laut: da-da-da. Dann klappte sie den Mund zu und nahm einen neuen Anlauf. Der Kopf ruckte vor und zurück: da-hin-n-n-dahinten! Sie verdrehte die Augen, wippte von einem Bein auf das andere.

Felix klammerte sich an Birgit und hörte ein merkwürdiges Glucksen in ihrem Hals. Es war wie Lachen. Da hatte er das Gefühl, aus einem Alptraum zu erwachen. Alles war gar nicht wirklich, sondern wie im Märchen. Oder nur ein Spaß! Er lachte. Lachte immer lauter. Die Alte humpelte weg und war im Nu hinter der Hecke verschwunden. Felix lachte immer noch, konnte gar nicht mehr aufhören. Es tat richtig weh im Kopf. Plötzlich drehte der Vater sich um, hochrot im Gesicht. »Hör auf! Du – du kannst es auch nicht besser!« fuhr er Felix mit einer ganz fremden Stimme an. Felix blieb das Lachen in der Kehle stecken. Er starrte auf den Vater und konnte sich nicht rühren. Birgit hatte ihn losgelassen. Sie würgte und spuckte in die Hecke hinein. Auf dem Weg nach Hause wurde kein Wort gesprochen. Wenn er es nur nicht der Mutter sagt! dachte Felix und weinte leise.

Er hatte es nicht erfahren, aber damals hatten sie ihm gesagt, daß er stotterte. Und die Mutter hatte ihn in ein altes, häßliches Gebäude gebracht. Felix erinnerte sich, daß es rot war. Ringsum hohe Mauern. An der Tür wurde er abgegeben.

Ehe er begriffen hatte, daß die Mutter zurückblieb, faßte ein grauer Mann seine Hand und zog ihn durch einen endlosen Gang. Es roch wie im Krankenhaus. Felix drehte den Kopf nach hinten. Die Mutter war nicht mehr da. Er wollte schreien. Aber es kam kein Laut aus seiner Kehle. Der Mann brachte ihn in ein großes Zimmer, wo Kinder auf einer langen, hohen Bank saßen und mit den Beinen schlenkerten. Alle guckten ihn an. Nur einer sah vor sich hin auf seine wippenden Fußspitzen. Felix wollte zu ihm; doch der Mann drückte ihn zwischen zwei Mädchen, die kichernd auseinanderrückten. Dann hielt der Mann Bilder hoch, auf denen immer nur ein Gegenstand zu sehen war. Mit einem langen Stock zeigte er zuerst auf das Bild und dann auf eines der Kinder. »Du!« schrie er dabei. Felix sah einen Ball, einen Roller, eine Tasche, ein Bilderbuch und hörte die Wörter dazu. Jetzt hielt der Mann ein Apfel-Bild in die Höhe. Der Stock stieß in Richtung Felix. »Du!« Felix duckte sich, zog den Kopf zwischen die Schultern und schloß die Augen. »Du!« kam es lauter von oben, und die Stockspitze berührte seine Haare. Wie ein Blitz fuhr es durch seinen Körper. Beim dritten »Du« riß er die Augen auf und sah auf das Bild. »Apfel«, sagte es in seinem Kopf. Aber das Wort kam ihm nicht über die Lippen. Apfel! Apfel! dachte er verzweifelt. Alle warteten. Alle wollten ihn hören. Das Wort von ihm haben. Aber vor seinem Mund stand eine Wand.
»Apfel!« schrie der Mann. »Alle zusammen!«
Die Kinder sprachen im Chor, erst zaghaft leise, dann immer lauter. Felix versuchte mitzumachen. Es ging; er konnte es

sagen. Es machte ihm sogar Spaß. Immer lauter: »Apfel! Apfel!« Alle Kinder auf der Bank waren plötzlich seine Freunde.
»Jetzt du alleine!« schrie der Mann, und der Stock stieß zum zweitenmal auf Felix. Die anderen waren sofort still. Da fühlte Felix wieder den Schlag vor die Kehle. Sein Mund zitterte. Das Wort wollte nicht kommen. Der Mann legte ihm die Hand auf den Kopf und sagte: »Apfel«. Felix strengte sich furchtbar an. In seinem Hals knackte es. »A-A-Apfel!«
»Siehst du!« sagte der Mann.
Felix starrte auf seine wippenden Schuhe. Jetzt wußte er, was sie meinten. Er stotterte – wie die Hexe. Und hatte schreckliche Angst.
»Bis morgen!« sagte der graue Mann, als die Mutter Felix an der Tür in Empfang nahm. Ihre Hand fühlte sich ganz anders an als sonst. Felix fing an zu weinen.
»Er will dir doch nur helfen!« sagte die Mutter. »Damit du bald richtig sprechen kannst.«

Am nächsten Nachmittag gingen sie wieder auf das rote Haus zu. Felix wäre am liebsten weggelaufen, ganz weit weg.
»Du bist doch schon groß!« hatte sie gesagt. »Und die anderen Kinder tun es ja auch.«
Er zog die Nase hoch und ging weiter neben ihr, mit Schritten, so lang wie möglich. Sie stiegen die Stufen hinauf. Die Mutter drückte auf die Klingel. Es dauerte lange, bis der graue Mann erschien. Er streckte seine Hand aus.

Da passierte, was Felix gar nicht gewollt hatte. Er drehte sich blitzschnell um, klammerte sich an die Mutter, faßte mit beiden Händen ihren Mantel, krallte die Finger in den Stoff und schrie. Schrie. Und hörte nicht mehr auf.
Die Mutter nahm ihn hoch. Der Mantel hob sich mit. Felix brüllte weiter. Sie versuchte, ihn zu beruhigen. Der Mann redete von hinten auf ihn ein. Aber Felix saß in seiner Angst wie in einem tiefen Loch und hörte nichts und konnte nicht raus.
Die Mutter ging den Weg zurück, ganz langsam, denn Felix war schwer. Als er sicher war, daß sie nicht umkehren würde, wurde er still und ließ den Mantel fallen. Er legte den Kopf an ihren Hals und blieb ganz ruhig, bis sie ihn absetzte. Er wußte, sie war böse.
Und wenn sie böse war, sprach sie nicht. Sagte kein Wort. Nicht einmal »Apfel«.

Andere Erinnerungen kamen Felix nicht. Aber er war sicher, daß es nach der ersten Stotterzeit eine Zeit gegeben hatte, in der er flüssig sprechen konnte; denn sein erstes Schuljahr war in seiner Erinnerung wunderbar.
Damals glaubte er, sein voller Name sei »Felix-der-Glückliche«. Karl-Heinz und Hans-Werner hatten ja auch Doppelnamen. Aber da gab es doch einen Unterschied. Die beiden hießen immer und überall doppelt, während bei Felix nur Erwachsene seinen ganzen Namen sagten – und merkwürdigerweise auch nur solche, die ihn gar nicht kannten!
»Wie heißt du denn, Kleiner?« fragten sie.

Felix preßte die Lippen aufeinander. Warum wollten alle fremden Leute wissen, wie er hieß?
»Felix«, sagte die Mutter. »Das ist Felix, unser Nachkömmling.«
»Felix-der-Glückliche«, sagten die fremden Leute.
Woher wußten sie seinen zweiten Namen? Und warum sagte die Mutter ihn nicht und der Vater und Birgit und alle, die ihn kannten? Warum nur die anderen?
Später erklärte ihm jemand, daß sein erster Name eigentlich lateinisch sei und der zweite nur die deutsche Übersetzung.
Da dachte Felix an seinen ersten Schultag. Und er dachte an seine glückliche Zeit in der Schule, die im zweiten Jahr plötzlich zu Ende war.
Sie hatten ein Theaterstück eingeübt. Felix' Rolle war klein, aber ungeheuer wichtig. Er spielte einen Soldaten, der eine entscheidende Nachricht zu überbringen hatte: kurz und laut und deutlich. Alles hing von seinem Satz ab, hatte der Lehrer gesagt.
Der Helm saß ihm auf dem Kopf wie festgewachsen. Die Uniform war imponierend. Er stürzte mit geschultertem Gewehr auf die Bühne, stand stramm und wollte seinen Satz vorbringen, den ungeheuer wichtigen Satz. Es kam nichts. Er klappte den Mund auf und zu. Kein Laut. Der Lehrer rief ihm aus den Kulissen das Stichwort zu. Nichts. Felix brachte nichts heraus. Es war, als hätte ihm jemand den Hals zugeschnürt. Da stand er: ein Soldat mit einer entscheidenden Nachricht, die nicht aus dem Mund will! Er strengte sich unheimlich an. Endlich war ein Laut zu hören. Aber Felix kam nicht über die erste Sil-

be hinaus, sondern blieb auf einem »öm-öm« hängen, bis der Lehrer ihn erlöste und den Satz so laut von der Seite her schrie, daß alle im Saal ihn hören konnten. Felix rannte von der Bühne. Das Spiel ging weiter.
Seit diesem Tag wußte er, daß er nicht sprechen konnte wie die anderen. Seit diesem Tag hatte er Angst vor dem Sprechen und wagte nicht, seinen Namen zu sagen.

Darum wagte er auch nicht, jemanden anzurufen. Wie soll man telefonieren, wenn man nicht mal seinen Namen rausbringt?
Das war sein Wunschtraum: den Hörer schnappen, die Zahlen tippen, warten. Mensch, warum meldet sich denn keiner! Na, endlich! »Hallo, hier ist Felix. Kann ich Reiner sprechen? Danke! Hallo, Reiner! Ja, ich bin es. Muß dir unbedingt was erzählen. Stell dir vor, gestern …« Und dann loslegen. Reden. Ohne zu stottern. Wenn er das schaffen würde!
Aber da war ein schwarzes Loch, in das er sprechen mußte. Kein Gesicht. Nur die eigene Stimme im Raum und die andere, von irgendwo, in der kleinen Muschel. Da war nur das Sprechen, sonst nichts. Und da mußte man sich melden, seinen Namen sagen. Da konnte man nicht ausweichen.
Einmal, vor zwei Jahren ungefähr, hatte Felix es versucht, hatte eine Ortsnummer gewählt, irgendeine.
Da war am anderen Ende eine Männerstimme: »Ja? Hier Felix.«
Er war wie vom Blitz getroffen. Da sagte jemand seinen Namen, ruhig und sicher. Wiederholte. Fragte, wer denn da sei.

Felix knallte den Hörer auf die Gabel und ging mit zitternden Knien zum nächsten Stuhl. Wie war das möglich? Irgendein Mensch meldete sich mit seinem Namen am Telefon. Er hatte plötzlich schreckliche Angst. »Ruhe!« sagte er laut und ging mechanisch zum Bett, legte sich lang und sprach die Formeln, die er beim autogenen Training gelernt hatte. »Ich bin ganz ruhig! Mein Körper ist locker und entspannt! Arme und Beine sind schwer!« Und so weiter.
Das hatte er früher geübt, monatelang – bis er sich eines Tages geschworen hatte, es nie mehr zu tun. Er wollte nicht ruhig und entspannt und schwer sein und daliegen wie ein verpuppter Mensch. Er wollte leicht sein und lebendig und fliegen. Aber jetzt war er so verwirrt, daß er sich an die alten Formeln klammerte wie an Haltegriffe.
Langsam liefen seine Gedanken ruhiger und ordneten sich. Der Mann am Apparat hieß wahrscheinlich »Felix« mit Nachnamen. Er sprang hoch, nahm das Telefonbuch und blätterte bis F-Fe-Felix. Da stand sein Name, fünfmal.
Seitdem hatte er nie wieder versucht zu telefonieren. Sein Vater oder seine Mutter machten es für ihn, manchmal auch Birgit.
Besonders schlimm war es für Felix, wenn er allein zu Hause war und das Telefon klingelte. Sollte er abheben? Ob er diesmal seinen Namen rauskriegte? Oder wenigstens »Hallo!«. Lieber gar nicht drangehen! Je länger es klingelte, desto unruhiger wurde er. Vielleicht war es die Mutter? Vielleicht wollte sie ihm etwas Wichtiges sagen? Er schlich um den Apparat herum. So lange ließ bestimmt kein Fremder klingeln!

Schließlich nahm er dann den Hörer ab, horchte hinein. Jetzt hätte er sich melden müssen. Er machte die Lippen rund. Atmete tief. Raus! Es blieb im Hals stecken. Verdammt!
»Hallo!« sagte eine Stimme in der Muschel. »Ist da jemand? Wer ist denn da? Hallo!« Dann wußte Felix, daß es ein Fremder war, der nichts ahnte. Gott sei Dank! Viel schlimmer, wenn es kein Fremder war, sondern einer, der durch die Leitung brüllte: »Hallo, Felix, bist du das? Laß man, ich ruf später wieder an. Ist nicht so wichtig!«
In der vorigen Woche hatte es wieder einmal so lange geklingelt, daß Felix abheben mußte. Es war Marion.
»Hallo«, sagte sie, »hier ist Marion. Kann ich Felix sprechen?«
Er strengte sich wahnsinnig an. Scheiße! Es ging nicht. Er brachte nichts raus. Lieber Gott, einmal wenigstens. Jetzt! Mit Marion! Aber die Kehle war zu. Da floß nichts durch.
Er legte den Hörer auf und rannte aus dem Haus. Wenn sie es noch mal versuchen würde, wollte er nicht dasein.
Am nächsten Morgen wartete sie auf ihn. »Ich hab bei euch angerufen. Wollte dich was fragen, wegen Mathe.«
Felix zog die Schultern hoch und ging weiter. Sie brauchte nicht zu sehen, wie er rot wurde! Und er wollte nicht, daß sie ihn jemals sehen würde, wenn er stotterte.
Aber wie sollten sie sich denn kennenlernen?

3.

Eines Morgens in der großen Pause sagte Martin zu Felix: »Morgen steigt meine Geburtstagsfete. Hast du Lust zu kommen?«

Jetzt hätte Felix schnell antworten müssen, ehe es wieder im Kopf zu arbeiten anfing. Aber er zögerte – und schon waren alle Bedenken da und schnitten ihm die Worte ab.

»Also, was ist?« fragte Martin.

»Ich öm-öm weiß nicht.«

Martin grinste. »Marion ist auch da.«

Felix fühlte, wie ihm das Blut in den Kopf schoß. Dieser Idiot! Was sollte das? Woher wußte er überhaupt ...? Felix drehte sich auf dem Absatz um und rannte weg. Martin hinterher.

»Mensch, Felix, sei doch kein Frosch! Ich wollte doch nur Spaß machen!«

Felix wurde langsamer.

»Ich freu mich echt, wenn du kommst!« schrie Martin.

Da blieb Felix stehen und drehte sich zu ihm. Er sah, daß Martin Schweißperlen auf der Stirn hatte. Vom Laufen? Martin war ziemlich dick und hatte große Schwierigkeiten beim Sport. Und auch sonst war er selten der erste.

»Ich komm«, sagte Felix.

»Prima! Morgen um sieben«, keuchte Martin.

Felix tanzte gern. Und wenn Marion da wäre …

Seit ein paar Wochen war er in der Tanzstunde. Birgit hatte ihn dazu überredet. Sie hatte den Kurs zwar schon vor zwei Jahren gemacht, ging aber immer noch hin. Felix war einer der besten Tänzer. Trotzdem fühlte er sich in der Tanzstunde nicht wohl, weil die anderen hinterher immer noch in die Disco gingen. Das war für viele der Hauptspaß. Felix taten die grellbunten Scheinwerfer weh. Wenn ihre Strahlen kreuz und quer durch den Raum blitzten, hatte er das Gefühl, sie wollten ihn treffen. Und die fetzige Musik, die pausenlos dröhnte und stieß, machte ihm Kopfschmerzen. Nur zweimal ging er mit, dann nie mehr. Die anderen sagten nichts. Aber Felix spürte, daß es sie störte, wenn er einfach verschwand.

Fast die ganze Klasse hatte sich bei Martin versammelt und noch andere Freunde von ihm. Martins Eltern besaßen ein tolles Haus; der Partykeller war riesig. Auf langen Tischen stand jede Menge zu essen und zu trinken.

»Kein Alkohol, Leute!« sagte Martin. »Meine Eltern sind dagegen. Ich auch! Dafür gibt's viel zu futtern. Haltet euch ran. Für Nachschub wird gesorgt.«

Buntes Licht tanzte durch den Raum, und aus der Stereoanlage klang leise Musik.

Hoffentlich bleibt es so! dachte Felix. Da sah er in allen vier Ecken des Kellers riesige Boxen hängen.

»Es darf getanzt werden!« rief Martin und drehte auf.

Sofort hopsten einige Paare herum. Felix sah Marion mit Werner tanzen. Ziemlich ausgelassen!

Scheint ihr ja Spaß zu machen – mit dem komischen Typen! dachte er. Da forderte ihn ein Mädchen auf, das er nicht kannte. Sie tanzte gut. Und es war Felix' Lieblingstanz: ein Blues.
»Was machst du denn so?« fragte sie nach einer Weile.
Felix versuchte zu antworten, aber die Kiefer preßten sich aufeinander. Da ging nichts durch. Er mußte wieder mal bluffen: hielt die Hand an die Ohrmuschel, um zu zeigen, daß er keine Silbe verstünde. Bei der Musik!
»Ja, ziemlich laut!« sagte das Mädchen. Aber dann fing sie an zu reden, erzählte alles mögliche von sich. Felix verstand jedes Wort. Sie sprach klar und deutlich und sehr sicher.
So müßte man es können!
Felix glaubte, viele Frauen hätten die Sprache anders im Griff als Männer und könnten perfekt reden. Darum fühlte er sich ihnen von vornherein unterlegen. Außerdem machten ihm Frauenstimmen oft angst. Er fand sie schrill und hörte lieber Männerstimmen, wie die von Herrn Büscher. Marion war eine Ausnahme.
Als die Musik noch lauter wurde, kam das Mädchen mit dem Mund ganz nah an sein Ohr und sprach weiter. Sie mußte sich ziemlich anstrengen, denn Felix war mindestens einen Kopf länger als sie. Drittgrößter in der Klasse.
Eine von denen, die immer reden müssen! dachte er.
Merkt gar nicht, wenn der andere nichts sagt!
Den nächsten Tanz wollte er mit Marion tanzen. Aber Heiner schnappte sie ihm weg. Verflixt! Wenn bloß die Quasselstrippe nicht wieder ankam! Felix ging schnell nach draußen.

In einer Ecke im Flur vor dem Partykeller hatten sich ein paar Jungen niedergelassen. Er hockte sich dazu.
»Keine Lust zum Tanzen?« fragte ihn einer.
Felix zog die Schultern hoch. Er hatte das Gefühl, daß sie ihn lieber woanders sähen. Der neben ihm saß, grinste verlegen. Dann holte einer hinter seinem Rücken eine Bierflasche hervor. »Prost!« sagte er frech in Richtung Felix. Die anderen zogen sofort nach. Felix sah an der Wand zwei Kästen stehen.
»Willst du auch eine?«
Er schüttelte den Kopf. Wollte abhauen. Aber er hatte Angst vor ihrem Lachen und blieb sitzen. Nach einer Weile hatten sie ihn vergessen, waren wieder unter sich. Redeten von Mädchen. Gaben an.
Bloß nicht von Marion! dachte Felix. Lieber weg hier! Die sind ja schon besoffen!
Da sagte einer: »Ich würde nie mit einer Türken-Tussi gehen. Die stinken doch alle nach Knoblauch!«
Wieherndes Lachen.
»Ausländer raus!« brüllte einer. Und dann ging es richtig los.
»Deutschland den Deutschen! Prost!«
Sie hatten irren Spaß, fühlten sich unheimlich stark und schaukelten sich richtig hoch.
Felix war starr. Irgendwie hatte er das Gefühl, als sollten ihre Parolen ihn treffen. Ausländer raus! Er wußte, was es heißt, draußen zu sein. Sie wollen dich nicht, weil du anders bist. Verdammt! Was waren das für elende Typen! Er sah rot. Wenn er bloß reden könnte! Er würde sie fertigmachen. Bis

sie klein wären wie Gartenzwerge, diese Großmäuler! Jeder Satz würde sitzen. Jedes Wort wie ein Pfeil ins Schwarze treffen. Er würde eine Rede vom Stapel lassen, die sie nie wieder vergessen sollten! Aber er wußte, daß er jetzt nicht einen einzigen Satz fließend rausbringen könnte. Unbändige Wut packte ihn: auf diese Idioten und auf seine verfluchte Angst vor dem Sprechen. Er mußte schnell weggehen. Sonst passierte was.
Schade! Kein Tanz mit Marion.

Nichts sagen können, wenn anderen Unrecht geschieht, war schlimm. Sich selbst nicht verteidigen können auch. Vor allem, wenn man es mit jemandem wie Angelika zu tun hatte. Für sie war die Sprache eine Waffe. Wenn ihr jemand zu nahe kam, schoß sie los. Und wenn sie etwas verbaut hatte, redete sie es wieder zurecht – auch wenn es nicht recht war. Sie redete sich immer raus.
Angelika saß in der Klasse neben Felix.
»Einer von euch beiden hat abgeschrieben«, sagte Dr. Klein, als er die Mathearbeit zurückgab. »Ich weiß nicht wer, aber ich hoffe, daß derjenige sich meldet – sonst seid ihr beide dran!«
Angelika legte sofort los. Sie hätte mit ihrem Bruder gepaukt. Der hätte ihr alles super erklärt. Und sie wär an dem Tag gut drauf gewesen. Sie dächte gar nicht daran, auf ihre Zwei zu verzichten!
Felix wußte, daß sie dauernd rübergeschielt hatte und näher gerückt war. Sie machte es unglaublich raffiniert. Aber sie

war zu blöd, die Sache so zu verändern, daß es nicht auffiel. Blöd und gemein! Wenn er es ihr nur heimzahlen könnte – mit Worten! Sie bloßstellen! In seinem Kopf lief eine glänzende Verteidigungsrede ab, an deren Schluß der Vorschlag stand, sie beide – jetzt sofort – ähnliche Aufgaben lösen zu lassen: in weitem Abstand voneinander. Dann würde Herr Klein ja sehen!

Wenn er das alles bloß hätte sagen können! In einer solchen Situation kriegte er kein Wort raus und hatte keine Chance gegen einen, der reden kann, wie er will. Da zog er immer den kürzeren.

»Warst du es, Felix?« fragte Dr. Klein.

Felix schüttelte heftig den Kopf. Ihm war heiß vor Wut.

»Na gut, ich laß mir was einfallen«, sagte der Lehrer und verschwand. Angelika tänzelte hinterher.

Verdammtes Luder! dachte Felix.

Könnte er sich doch rächen! Mit Sätzen wie Blitze! Er würde sie totreden. Wörtlich!

Er war froh, daß sie am Nachmittag Handball spielten. Da konnte er sich abreagieren. Seit einem halben Jahr war er in dem Verein. Sie schätzten ihn alle, weil er sehr schnell spielte.

Es war kurz vor Schluß der zweiten Halbzeit und das Spiel noch unentschieden. Da kam blitzschnell eine gegnerische Attacke. Felix und Markus rannten zur Abwehr an ihren Kreis. Der Angreifer schleuderte den Ball mit voller Wucht. Felix sprang hoch, um ihn zu stoppen. Im selben Moment duckte Markus sich vor dem Ball, verlor das Gleichgewicht,

fiel gegen Felix und stieß ihn zur Seite. Der Ball ging ins Netz. Das Spiel war entschieden.
»Bist du verrückt!« schrie Felix. »Ich hätte ihn gehalten!«
»Hast du aber nicht!« brüllte Markus zurück.
Felix sah rot. »Idiot! Feigling!« Er bombardierte Markus mit Kraftausdrücken. Wenn er wütend war wie jetzt, schleuderten sich die Worte wie von selbst heraus, gingen nicht erst durch den Kopf, waren einfach da. Wenn es aber darum ging, die Sache in Ruhe vor anderen zu klären, dann war er verloren. Dann schob sich etwas wie eine milchige Scheibe zwischen ihn und die Worte. Die Sprache verschwamm und war nicht mehr greifbar. Dann hatte der andere leichtes Spiel.
Markus redete wie ein Wasserfall. Behauptete, Felix wär dem Ball ausgewichen und hätte ihn angerempelt und umgeworfen.
Dieser miese Feigling! dachte Felix. Will nicht zugeben, daß er weggetaucht und umgekippt ist! Er wollte schreien: »So war es nicht! Es war ganz anders! Es war so!« Und dann loslegen. Aber in seiner Kehle war keine Luft. Feige Ratte! dachte er und fühlte nichts als ohnmächtige Wut, dieselbe Wut, die auch am Morgen da war.
Plötzlich stürzte er sich auf Markus und schlug ihn mit Fäusten, wohin er nur traf. Ehe die anderen ihn wegreißen konnten, lag Markus schon am Boden. Aus seiner Nase tropfte Blut. Felix stand da, hilflos und traurig. Alle starrten ihn an. Er sah Drohendes in ihren Blicken und rannte weg. Rannte in den Park. Bis er nicht mehr konnte. Ließ sich irgendwo

auf der Wiese fallen und heulte. Er wußte, daß sie ihn jetzt nicht mehr wollten in ihrem Verein. Und war verzweifelt darüber, daß er vor den anderen wieder einmal so gewesen war, wie er gar nicht sein wollte. Ein Teufelskreis!
»Hat es Spaß gemacht?« fragte der Vater zu Hause.
Felix nickte.
An diesem Abend nahm er wieder seine Schlaftabletten. Er hatte sie längere Zeit nicht gebraucht oder nicht genommen, weil er sie haßte – wie das autogene Training, wie den Mittagsschlaf, wie alles, was ihn lähmte. Aber heute wollte er auf jeden Fall schnell einschlafen und den ganzen Mist vergessen. Wollte nicht grübeln und hundertmal fragen, warum gerade er stottern mußte, ausgerechnet er! Warum die anderen reden konnten, wie sie wollten. Sie hatten ja keine Ahnung, was das bedeutet! Heute hatte er ihre Sprache wie Messer gefühlt, mit denen sie ihn töten könnten. Heute hatte er selbst nicht einen einzigen Satz rausgekriegt, den ganzen Tag nicht einen einzigen Satz! Heute war es schrecklich gewesen.
Es half Felix überhaupt nicht, daran zu denken, daß es in Deutschland zwischen achthunderttausend und einer Million Stotterer gibt.

Am nächsten Morgen tat Felix etwas, was er noch nie getan hatte. Er meldete sich für ein Referat.
Keiner in der Klasse wollte das Thema übernehmen: Die Nacht vom 9. zum 10. November 1938. Frau Löser fragte immer wieder. Da hob Felix plötzlich seinen Arm. Er wußte

selbst nicht, wie es geschah. Alle starrten ihn an. Das fühlte er, obwohl er nicht hinsah. Er ahnte auch, was in ihren Blikken lag: Staunen, Spott, Mitleid. Aber das war ihm egal. Nur was Marion dachte, das hätte er gerne gewußt.

Frau Löser reagierte ganz ruhig. »Okay«, sagte sie, »in zwei Wochen! Soviel Zeit brauchst du bestimmt.«

Diese zwei Wochen wurden schrecklich für Felix. Zwar fand er das Thema gut, und Stoff gab es genug – aber wie sollte er reden: allein vor der Klasse! Wenn er daran dachte, hatte er Schweißperlen auf der Stirn. Dann flüchtete er in seine Wunschgedanken, malte sich aus, wie es wäre, wenn er richtig sprechen könnte. Jedes Referat würde er übernehmen! Nur ein paar Stichworte aufschreiben, frei reden, sozusagen aus dem Stegreif. Ganz lässig sprechen! Mit Kunstpausen. Alle Zuhörer im Blick. Anschaulich: mit vielen Bildern und Vergleichen und in wechselnder Stimmlage. Er würde mit den Worten spielen – wie auf der Gitarre. Alle Töne rausholen. In der Sprache fliegen!

Nach ein paar Tagen erzählte er der Mutter von dem Referat. Sie war ganz aus dem Häuschen. »Siehst du! Endlich wagst du es mal! Ich hab dir schon immer gesagt: Man muß ins Wasser springen, wenn man schwimmen will. Du wirst es schaffen!«

Felix war von Angst geschüttelt. Darum hatte er es ihr gesagt! Nicht, weil er aufmunternde Sprüche brauchte. Die kriegte er genug! Seine Angst sollte sie mit ihm teilen. Ihn verstehen. Aber es blieb das alte Spiel: »Du wirst sehen, es geht bestimmt besser, als du denkst. Du mußt es nur wol-

len. Keiner frißt dich. Alle wissen doch Bescheid!« Und so weiter.
Felix floh in sein Zimmer. Die Mutter glaubte, er wollte schnell wieder an die Arbeit, an sein Referat.
Ob sie nie Angst hatte? Sie war immer so stark. Oder tat sie nur so, seinetwegen? Einmal hatte er gesehen, wie sie vor Angst weinte. Das war lange her. Aber Felix konnte es nicht vergessen, weil er sich schuldig fühlte.
Sie haben im Meer gebadet. Da hat er plötzlich eine unbändige Lust gekriegt, weit rauszuschwimmen – so weit, daß ihn keiner einholen konnte. Ohne zurückzublicken, ist er geschwommen. Sie hat gerufen. Geschrien. Er hat sich wahnsinnig angestrengt. Ihr Schreien ist näher gekommen, und sie hat ihn gepackt, gezogen. Er hat sich nicht gewehrt, ist mit ihr zurückgeschwommen, immer neben ihr, auf gleicher Höhe. Sie hat ihn nicht aus den Augen gelassen. Als sie an Land gestiegen sind, hat der Vater gefragt: »Was ist denn mit euch los?« Da hat sie sich auf den Sand geworfen und geweint – wie ein Kind. Seinetwegen. Er hat ihre Angst gefühlt und sich ganz fest gewünscht, sie sollte nie mehr Angst haben. Immer stark sein! Für ihn. Wohin sollte er denn sonst gehen mit seiner Angst?
Sein Vater war voll von eigener Angst. Felix las sie täglich in seinen Augen und hatte Mitleid mit ihm. Wenn einer immer krank ist und oft Schmerzen hat, muß er ja Angst haben – Angst, daß es noch schlimmer wird.
Felix konnte sich nicht vorstellen, daß sein Vater einmal jung gewesen war – so jung, wie er ihn sich immer gewünscht hat-

te. Für ihn war er immer nur älter gewesen als andere Väter und leidend. Vor zwei oder drei Jahren hatte es einmal eine Zeit gegeben, in der der Vater ihm aus seiner Jugend erzählt hatte, von damals, als er seinen Arm noch hatte und stärker war als alle seine Freunde.

Anfangs war Felix begeistert und konnte gar nicht genug davon hören. Aber dann wuchs in ihm eine stille Wut darüber, daß er diesen tollen Vater nie erlebt hatte, und er floh vor den Gesprächen am Abend. Er konnte auch die Vorstellung nicht ertragen, daß der Vater ungefähr in seinem Alter war, als ihm das Schreckliche passierte. Zwei Jahre älter höchstens.

Das war am Ende des Krieges. Obschon es nichts mehr zu gewinnen und kaum noch etwas zu verteidigen gab, hatten sie alte Männer zu Soldaten gemacht und Jungen, die noch halbe Kinder waren, in Uniformen gesteckt und Krieg spielen lassen. Ein Spiel, das für viele von ihnen tödlich endete. Felix' Vater hatte noch Glück gehabt, wie er immer sagte. Eine Granate hatte ihm nur den linken Arm weggerissen, bis zum Ellenbogen. Jedesmal, wenn er sagte: »Den linken Arm, aber nur bis zum Ellenbogen!« lief Felix ein Schauer über den Rücken. Er fühlte, wie verbittert der Vater war. Und wenn er Schmerzen in der Hand hatte, die gar nicht mehr da war, sondern irgendwo vergraben, dann sagte er: »Siehst du, ich hab sie doch noch!« Felix wußte, daß es solche Phantomschmerzen gibt, aber bei seinem Vater waren sie besonders gespenstisch – vielleicht, weil der Vater selbst nicht wirklich da war für ihn. Nie hätte Felix ihm seine Angst zeigen

können. Er glaubte, daß er ihn damit endgültig verlieren würde.
Bei der Mutter war das ganz anders. Sie schien viel stärker. Aber Felix hatte immer das Gefühl, daß sie seine Angst nicht sah – oder nicht sehen wollte. So wie jetzt.
Er war verzweifelt. Nur noch eine Woche bis zum Referat!

Er arbeitete wie verrückt. Las, was er nur finden konnte: in der Schulbücherei und in der Stadtbibliothek.
Dorthin ging er gerne. Da war es einfach für ihn. Man brauchte kein Wort zu sagen. Suchte die Titel und Nummern in den Karteikästen, nahm die Bücher aus den Regalen, füllte die Leihscheine aus, ließ abstempeln, lächelte und ging. Und wenn man an Ort und Stelle las, quatschte einen keiner an. Reden verboten! Felix fühlte sich dort wohl. Die Leiterin kannte ihn seit Jahren und nickte ihm freundlich zu, wenn er an ihrem Tisch vorbeiging. Mit besonderen Wünschen wandte er sich sofort an sie.
Diesmal schob er ihr einen Zettel mit dem Thema seines Referates zu.
»Eine Hausarbeit?« fragte sie.
»Referat«, flüsterte Felix.
Sie sah ihn einen Augenblick erstaunt an. Dann sagte sie ruhig: »Ein trauriges Thema! Dazu gibt es eine Menge Literatur. Ich such dir gleich mal was raus. Hoffentlich hast du viel Zeit mitgebracht!« Dann ging sie zielsicher an den Regalen entlang, zog ein Buch nach dem anderen heraus, kam zu Felix zurück mit einem Bücherstapel, den sie zwischen Hän-

den und Kinn balancierte. »Das dürfte reichen!« sagte sie und trug den Stapel zum nächsten freien Tisch, wo sie ihn ablud.
Da saß Felix und las: zuerst die Klappentexte, Inhaltsverzeichnisse und Kapitelüberschriften, dann die Stellen in den Kapiteln, die direkt sein Thema behandelten. Am Schluß wählte er fünf Bücher aus und nahm sie mit nach Hause.
»Viel Erfolg!« sagte die Bibliothekarin, als er ging.
»Kann ich brauchen!« flüsterte er zurück.
Flüstern machte ihm keine Schwierigkeiten. Wenn man nur überall flüstern könnte! Aber die meisten reagierten darauf aggressiv. »Kannst du nicht lauter sprechen?« Flüstern verstand kaum einer. Die Bibliothekarin war eine Ausnahme. Vielleicht mochte Felix sie deshalb so gern.
Zu Hause vergrub er sich in die Bücher. Es war schon toll, was man da alles erfuhr! Von einer Nacht! Da waren die Geheimen Akten der Nazis über die Vorbereitung und Durchführung der sogenannten »Reichskristallnacht«. Und die erschütternden Erinnerungen betroffener Juden, die in dieser Nacht von SA- und SS-Männern überfallen und in Konzentrationslager transportiert wurden. Und die Augenzeugenberichte über brennende Synagogen und demolierte Häuser und Geschäfte in vielen deutschen Städten. In manchen Büchern gab es Fotos, die das Leid auf der einen und die Brutalität auf der anderen Seite zeigten: Gesichter voll Angst und Verzweiflung und solche voll Haß und Kälte. Felix las immer wieder das Wort »Pogrom«. Im Lexikon fand er die Erklärung: *russisch: Verheerung, Verwüstung; Ausschreitungen ge-*

gen nationale, religiöse oder rassische Gruppen, zum Beispiel Juden im Nationalsozialismus.

»Höchstens acht Seiten!« hatte Frau Löser gesagt. Felix hätte zwanzig schreiben können – und mehr. Eigentlich brauchte man ja nur die Textstellen aus den Büchern herauszunehmen. Dann wäre alles gesagt über diese Nacht vom 9. zum 10. November 1938. Aber Felix wollte auch seine eigene Meinung äußern. Am liebsten hätte er sogar über das geschrieben, was er auf Martins Fete erlebt hatte. Juden raus – Ausländer raus: Das war doch dasselbe! Wenn er denen das alles nur mal richtig klarmachen könnte! Aber er konnte ja nicht sagen, was er dachte und fühlte.

Wenn er dasaß und pausenlos arbeitete, hatte er manchmal den Eindruck, daß er vor seiner Angst floh und daß sein Referat eine Art Fluchtauto war.

Einmal kam Birgit in sein Zimmer. Sie sahen sich selten in letzter Zeit, seit sie im Krankenhaus arbeitete.

»Ich habe gehört, du schreibst an einem Referat. Worüber denn?«

Felix schob ihr das Blatt hin, auf dem das Thema und die Gliederung standen.

»Ist ja interessant! Wie lang soll es denn werden?«

»Acht Sa-sa …«

»Acht Seiten? ’ne ganze Menge!«

Er nickte. Und wußte genau, was sie jetzt fragen wollte. Aber sie wagte es nicht.

»Dann will ich nicht stören. Kommst du gut voran?«

»Ja.«

Vor der Tür drehte sie sich um. »Mußt du es halten?«
»Montag«, sagte Felix mühsam.
»Kann ich dir irgendwie helfen?«
Er wußte, was sie meinte, und schüttelte den Kopf.
Früher hatte sie oft mit ihm Lesen geübt, als Sprechtraining. Und es hatte auch meist gut geklappt – besser als mit der Mutter oder dem Vater. Aber für sein Sprechen draußen hatte es nichts gebracht. Wenn er allein in einer fremden Situation war, entglitten ihm die Wörter. Er versuchte immer mit äußerster Konzentration, sie zu schnappen – wie man einen Fisch am Schwanz packt: im richtigen Augenblick. Aber er schaffte es selten. Meist schwammen sie ihm weg. So mußte er ständig auf der Hut sein, hinter ihnen herjagen. In seinem Kopf spulten sie sich ab, aber sein Mund versuchte vergeblich, sie zu halten. Er spürte, wie die Lippen um die Laute kreisten, wie sein Gesicht zu zucken anfing und die Augäpfel rollten. Dann füllte sich sein Herz mit Traurigkeit und Wut.
Hörte es denn nie auf? Gab es keine Hoffnung für ihn? Kein Wunder? Warum er? Und nicht die anderen? Niemand in seiner Umgebung stotterte!
Der ständige Kampf, die vielen Niederlagen und die dunklen Gefühle machten ihn müde. So müde, daß er sich jeden Mittag hinlegen mußte. Wenn die anderen was unternahmen, lag er im Bett wie ein Säugling. Weil er nicht mehr konnte. Weil er Kopfschmerzen hatte aus lauter Angst vor dem Sprechenmüssen.
Seit ein paar Tagen hatte er auch Angst vor dem Mittagsschlaf. Seit er ein schreckliches Erlebnis gehabt hatte zwi-

schen Traum und Wachen: Er war mit dem Körper gefangen im Schlaf, kam nicht raus – und konnte doch klar denken. Starr und leblos lag er da, sah sich selbst oder glaubte, sich zu sehen, und versuchte mit aller Kraft, sich rauszustoßen: in das Wachsein. Als er es endlich geschafft hatte, war ihm hundeelend.

Seitdem legte er sich mittags nicht mehr hin, sondern ruhte sich im Sitzen aus. Sobald er merkte, daß er absackte, stand er auf und tat irgend etwas.

Jetzt hatte er das Referat, das ihn ablenkte. Aber an Montag durfte er nicht denken!

4.

»Können wir mit dir rechnen?« fragte Frau Löser in der letzten Stunde vor dem Referat. Felix nickte und brachte ein klares Ja heraus.
Einige in der Klasse schüttelten ungläubig die Köpfe, andere grinsten verlegen.
Marion sah, daß Felix Schweißtropfen auf der Stirn hatte. Er tat ihr leid. Sie mochte ihn sehr und hätte ihm gerne irgendwie geholfen. Aber wie? Man kam ja nicht an ihn heran! Gestern noch hatte sie es versucht.
Sie erinnerte sich:
Er war hinter ihr. Hoffentlich holt er mich ein, hat sie gedacht. Als sie gemerkt hat, daß er immer im selben Tempo blieb, ist sie langsamer gegangen. Er auch. Da hat sie sich einfach umgedreht. »Hallo, Felix!« – »Hallo«, hat er gesagt. Ihren Namen hat er nicht geschafft. Das hat sie gemerkt. – »Kommst du ein Stück mit? Wir könnten Eis essen gehen.« In seinen Augen hat etwas geblitzt – wie Freude. Seine Augen sind besonders schön, hat sie gedacht. Er hat den Kopf geschüttelt. »K-keine Zeit!« und ist um die nächste Ecke verschwunden.
Felix erinnerte sich auch:
Sie ist vor ihm hergegangen. Ob er sie einholen sollte? Er hätte sie schrecklich gerne angesprochen und hat versucht,

ihren Namen mit den Lippen zu formen. »Ma-Ma.« Verdammt! Das klang ja wie Mama! Plötzlich ist sie langsamer geworden. Er auch. Dann hat sie sich umgedreht. »Hallo, Felix!« Ihm ist warm geworden vor Glück. »Hallo«, hat er gesagt. Weiter ist er nicht gekommen. Er konnte ja nicht vor ihr stehen und »Ma-Ma« stottern! Bloß weg! hat er gedacht. Sie tut es bestimmt nur aus Mitleid. Mit einem, der nicht reden kann, will doch keine gehen! Aus Mitleid! Nein, danke! »K-k-k-keine Zeit!« hat er gesagt. Mann, war das schwer!

Jetzt blickte er zu Marion rüber, als hätte er ihre Gedanken gefühlt. Verflixt hübsch! dachte er. Möchte ich ihr mal sagen! Dunkle Haare und blaue Augen – ist schon was Besonderes!

Nach der Schule wagte er, sie anzusprechen. »Hallo, Marion!« Es klappte – ohne Stocken.

Marion wurde knallrot. Sie hatte überhaupt nicht damit gerechnet.

»Hallo, Felix!« Sie spürte, daß er noch etwas sagen wollte, und wartete.

»Wollen wir öm-öm Eis …?«

»Gerne!« sagte sie. »Ich kann nie genug kriegen.«

In der Eisdiele saßen noch andere aus der Schule und feixten rüber. Felix gab Marion die Karte. »Ladies first!« hätte er jetzt gerne gesagt. Aber er hatte Angst vor dem zweiten Wort. Beim »F« blieb er fast immer hängen – wie bei seinem Namen.

»Ich nehm dasselbe wie immer«, sagte Marion zur Bedienung, »den Fruchteisbecher, bitte!«

Felix fuhr mit dem Finger über die Karte und zeigte auf die Nummer 15.
»Also auch den Fruchteisbecher!« sagte die Bedienung.
Marion sah Felix an, und er fing den Blick auf. Sie lachten.
Es war das erste Mal, daß sie ihn lachen sah.
Er hat tolle Zähne! dachte sie.
Sie ist wirklich sehr hübsch! dachte er.
Dann löffelten sie ihr Eis. Und wenn sie hochschauten, trafen sich ihre Blicke. Marion machte von Zeit zu Zeit eine Bemerkung. »Ich geh oft hierhin. Das beste Eis in der ganzen Gegend – finde ich!« Und so weiter.
Felix nickte nur. Er konnte jetzt gar nichts sagen.
»Wie wär's mit Donnerstag um fünf?« fragte Marion draußen.
Er hätte in die Luft springen mögen vor Freude. »Fünf Uhr!« sagte er. Es kam ganz glatt raus.
Zu Hause spielte er alle Melodien, die er kannte, auf seiner Gitarre hintereinander weg. Er fühlte sich leicht wie ein Vogel.

Donnerstag gab es wieder zweimal den Fruchteisbecher.
»Wie weit bist du eigentlich mit deinem Referat?« fragte Marion ihn plötzlich. Felix' Augen wurden groß. Wie konnte sie jetzt davon sprechen! Er wäre am liebsten aufgesprungen und weggerannt.
»Ich finde das Thema toll!« sagte sie. »Wenn ich nicht die Hausarbeit für Erdkunde schreiben müßte, hätte ich es genommen. Hast du viel Literatur dazu gefunden?«

Felix nickte. Seine Wut war wie weggeblasen. »Bin fast fertig«, wollte er sagen. Aber in seinem Kopf schaltete es um. »Bin am Ende.«

»Meinst du: mit der Arbeit?«

Er nickte und lachte.

»Dabei hast du noch vier Tage Zeit!«

Felix schluckte. Vier Tage, bis er es halten mußte. Warum erinnerte sie ihn daran? Er wollte jetzt nicht daran denken!

Marion sah, wie seine Hände zitterten, und ahnte seine Angst. Sie hätte sich ohrfeigen können. In ihrer Verlegenheit kam sie auf eine verrückte Idee. »Willst du mir das Referat nicht mal zum Lesen geben?«

»Wozu?« fragte er barsch.

»Weil – weil es mich interessiert!«

Sie glaubt auch nicht, daß ich es halten kann! dachte er und war plötzlich todtraurig.

Da legte Marion ihre Hand auf seinen Arm. Er rührte sich nicht und wünschte sich brennend: Sie sollte sie nicht wegnehmen!

Nach einer Weile sagte er leise: »Ich bring es dir morgen mit.« Der Satz kam ihm fast fließend über die Lippen.

»Prima!« sagte Marion, und sie gingen.

In der Nacht saß Felix plötzlich senkrecht im Bett. Sein Atem überschlug sich, und der Schrei, den er im Aufwachen hörte, hallte noch lange in seinen Ohren. Es war sein eigener Schrei, mit dem ein schrecklicher Traum endete:

Er stand vor der Klasse, sein Referat in der Hand. Alle Augen waren auf ihn gerichtet. »Los«, schrie die Lehrerin,

»fang doch endlich an!« Felix hörte, daß es nicht Frau Lösers Stimme war, sondern eine andere, ihm sehr bekannte. Er sah zu ihr rüber – und sah seine Mutter. Sie schwang einen Stock durch die Luft. Felix faßte die Blätter in seiner Hand fester und starrte auf den Text. Da war alles aufgeschrieben. Wort für Wort. Da konnte man nicht auswählen oder umgehen, was sich nicht sagen ließ. Da konnte man die Sätze nicht so verändern, daß sie einigermaßen fließend rauskamen. Da gab es kein Entrinnen. Vorlesen war die Hölle.

Der Stock sauste auf seinen Kopf. Felix schrie auf und erwachte. Sein erster Gedanke war, das Referat in Stücke zu reißen. Dann konnte er es nicht halten! Er sprang aus dem Bett, nahm es vom Schreibtisch. In diesem Augenblick fiel ihm Marion ein. Er hatte versprochen, es ihr zu geben. Nein, er durfte es nicht zerreißen! Er würde Montag einfach fehlen. Wie schon oft in ähnlichen Situationen. Das würde ihm aber die Zensur versauen. Verdammter Mist! Ob er Frau Löser bitten sollte, das Referat als Hausarbeit zu werten? Bei ihr würde er es bestimmt schaffen, sich verständlich zu machen. Sie würde ihn verstehen. Der Gedanke beruhigte ihn so, daß er bald wieder einschlief.

Es passierte manchmal, daß Felix im Schlaf schrie. Wenn es besonders laut und anhaltend war, trommelte Birgit nebenan gegen die Wand, bis er wach wurde. Dann wäre er am liebsten mit dem Kopf unter die Decke gekrochen und immer kleiner geworden, wenn möglich ganz verschwunden. Felix hatte Birgit noch nie gehört, hatte noch nie ihretwegen in der Nacht an die Wand geklopft.

Als er während der Grundschulzeit einmal mit der Klasse in der Jugendherberge war, haben sie ihn furchtbar ausgelacht, weil er im Schlaf »Mama« geschrien hat. »Unser Baby«, haben sie gesagt und nicht aufgehört, ihn zu hänseln. Am nächsten Abend hat er versucht, die Augen so lange aufzuhalten, bis die andern im Zimmer eingeschlafen waren. Er hat seine kleine Taschenlampe neben das Kopfkissen gelegt und in das schwache Licht gestarrt. Plötzlich hat der unter ihm gebrüllt: »Unser Baby hat Angst im Dunkeln, weil die Mama nicht da ist!« Alle waren sofort hellwach und haben schrecklich gelacht. Ein Glück, daß die Freizeit am folgenden Tag vorbei war! Danach ist Felix nie mehr mitgefahren. Er ist jedesmal krank geworden.
Vor seinem Schreien in der Nacht hatte er seitdem Angst. Aber irgendwo und irgendwann wollte er einmal brüllen, so laut und so lange wie möglich. An niemanden dabei denken! Nur schreien – sonst nichts! Am Meer – in den Ferien – hätte er es bestimmt gekonnt. Und vorher hatte er es schon einmal versucht: im Wald. Ist ganz tief reingegangen. Kein Mensch weit und breit. Hat sich an einem Baumstamm festgehalten. Rundum geguckt. Alles sicher! Jetzt, los! Da hat es geknackt im Gehölz, irgendwo ganz nah. Er ist ein Stück in jede Richtung gelaufen. Nichts! Aber mit dem Schreien war es vorbei. Nur im Schlaf. Immer wieder.

Am nächsten Morgen gab er Marion das Referat.

Samstag nachmittag trafen sie sich im Park. Marion winkte schon von weitem mit der Mappe.
»Mensch, Felix, toll! Echt super! So hätte ich das nie hingekriegt. Du mußt ja unheimlich gearbeitet haben!«
Felix nickte. »Geht so.«
Dann wurde es still zwischen ihnen.
Marion wußte, woran er dachte: Montag.
Felix überlegte, ob er ihr sagen sollte, daß er mit Frau Löser »reden« und was er ihr vorschlagen wollte. Ohne Marion anzusehen, fing er ganz langsam an, über seinen Plan zu sprechen – mit vielen Haken und Hindernissen. Marion sagte nichts, unterbrach ihn kein einziges Mal, brachte seine Sätze nicht zu Ende. Allmählich redete er leichter. Es war fast so, als wäre er mit sich allein. Als er schwieg, guckte sie ihn lange an, so lange, bis er das Gesicht zu ihr drehte. Dann sagte sie laut und bestimmt: »Nein, das darfst du nicht tun! Die anderen in der Klasse sollen es hören. Die sollen wissen, was du geschrieben hast! Alle!«
Felix wurde es heiß. Hatte sie denn gar nichts kapiert!
»Ich will es für dich lesen«, sagte Marion leise.
Damit hatte er nicht gerechnet. Das kam so überraschend, daß er erst mal nachdenken und sich die Situation in der Klasse vorstellen mußte: Marion würde sein Referat lesen!
»Glaub bloß nicht, ich täte es aus Mitleid!« sagte sie. »Jedenfalls nicht aus Mitleid mit dir – eher schon mit dem Referat. Damit es nicht in die Schublade von Frau Löser wandert, wo es kein Mensch zu hören kriegt!«
Felix schluckte. Und plötzlich packte ihn unbändige Lust zu

lachen. Marion machte sofort mit. Sie fand es wunderbar, wenn er lachte. Und dann liefen sie durch den Park wie zwei spielende Hunde.
»Die rennen einen glatt um!« schimpfte eine ältere Frau hinter ihnen her.
Fast im selben Augenblick fiel beiden ein, daß sie das Referat vergessen hatten. Sie liefen zurück. Es lag noch auf der Bank. Ganz außer Atem setzten sie sich und verschnauften.
Wenn es weg gewesen wäre ..., dachte Felix.
»Stell dir vor, es wär nicht mehr da gewesen«, sagte Marion.
»N-n-na und?«
»Mensch, Felix, bist du verrückt! Die ganze Arbeit!« Sie gab sich einen Ruck. »Also, was ist? Soll ich es lesen?«
»Weiß nicht.«
»Soll es lieber im Schrank von Frau Löser verschimmeln?« Sie wollte gerade so richtig loslegen, da sah sie das Zucken um seinen Mund. »Kannst es dir ja noch überlegen – bis Montag.«
Felix hatte gehofft, sie würden sich auch am Sonntag treffen.
»Und m-morgen?« fragte er.
»Morgen fahr ich mit meinen Eltern nach Düsseldorf zu meiner Oma. Sie hat Geburtstag. Aber wenn du willst, kannst du mich vorher anrufen. Wir fahren erst um zehn.«
Felix schoß das Blut ins Gesicht. Anrufen! Wie stellte sie sich das vor! Marion spürte seine Verwirrung. »Oder ich ruf dich an, wenn du willst.« Er schüttelte heftig den Kopf.
Mein Gott, wie traurig er auf einmal aussieht! Was hab ich bloß falsch gemacht? dachte Marion.

Felix schaute auf die Uhr.
Jetzt hat er wieder keine Zeit! dachte Marion.
Er stand auf, hob winkend den Arm und ging. Marion sah, wie er immer schneller wurde und schließlich rannte, als ob jemand hinter ihm her wär. Das Referat lag neben ihr auf der Bank. Einen Augenblick überlegte sie, ob sie es einfach liegenlassen sollte. »Er wird es sich schon holen!« Aber dann nahm sie es und ging nach Hause.

5.

Am Abend saß die ganze Familie vor dem Fernseher. Felix hatte in seinem Zimmer einen eigenen kleinen Apparat, aber heute wollte er nicht allein sein.
Es lief eine Show, in der Menschen mit besonderen Fähigkeiten und außergewöhnlichen Schicksalen auftraten. Felix wußte nicht, daß für diese Sendung eine junge Frau mit einer schweren Sprechstörung angekündigt war.
Sie kam locker auf die Studiobühne und wurde vorgestellt. Keine Spur von Aufregung! Felix brach der Schweiß aus. Er überlegte, ob er weggehen sollte. Aber etwas hielt ihn fest.
Der Showmaster forderte die Frau auf, aus ihrem Leben zu erzählen. Sie sprach fast flüssig.
Künstlich! dachte Felix. Tricks! Er kannte das aus der Zeit, als er zweimal in der Woche zu einer »Sprechlehrerin« gehen mußte. Da hatte er Regeln gelernt. Regeln zum Sprechen. Und er hatte geübt und immer wieder geübt – bis er es leid war. Es war schrecklich mühsam, nach Regeln zu sprechen. Wie an Krücken zu gehen! Und wie lange dauerte es, bis man die Krücken im Griff hatte! Er hatte es nicht geschafft. Es gelang ihm zwar manchmal, mit Hilfe der Regeln weniger zu stottern, aber er hatte dann trotzdem nicht das Gefühl, reden zu können. Das würde anders klingen! So, wie er es innerlich hörte. Seine Regelsprache war Krampf. Er

haßte sie. Wie aber soll einer, den die Beine nicht tragen, gehen, wenn er seine Krücken haßt?
Die Frau im Fernsehen schien die Regeln zu beherrschen. Jemand, der nicht selbst betroffen war, merkte kaum, daß sie stotterte. Die hat Mut! dachte Felix.
Die Zuschauer lauschten gespannt. Manchen stand so etwas wie Enttäuschung auf dem Gesicht. War ja nichts Besonderes!
Da! Jetzt hatte es die Frau erwischt. Felix sah, wie der Mund sich verkrampfte und schmal wurde. Sie kriegte nichts mehr raus. Der Showmaster warf ihr ein Wort zu. Noch eins. Und noch eins. Zur Auswahl. Verdammt! Felix sprang auf. Dieser Idiot! Soll sie doch lassen! Warum knallen sie einem die Wörter vor den Mund, so daß gar nichts mehr rauskommt! Woher wissen sie eigentlich immer so genau, was man sagen will!
Die Kamera schwenkte auf die Zuschauer. Felix kannte den Ausdruck auf den Gesichtern: Ratlosigkeit, Verlegenheit, Mitleid – und manchmal auch etwas, was er nicht benennen konnte. Ihm fiel dafür nur das Wort »Gier« ein.
Jetzt hatte die Frau wieder Luft, sprach wie vorher. Blieb wieder stecken. Der Showmaster drängte zum Schluß, bedankte sich überschwenglich bei der Kandidatin. Sie wollte noch etwas sagen, aber es kam nichts.
Die Wörter kullern einem im Mund wie lose Zähne, dachte Felix.
Sie lächelte tapfer und ging.
Die Leute klatschten wie verrückt. Felix hätte heulen kön-

nen. Er hatte die Schweißflecken unter ihren Armen gesehen. Warum war sie gekommen? Solchen Mut könnte er nie haben.
Es war still im Raum. Die Eltern und Birgit wagten nicht, Felix anzusehen. Sie starrten auf den Bildschirm, wo das Programm weiterlief. Felix blieb noch eine Weile sitzen, dann ging er in sein Zimmer und redete mit sich selbst – wie immer, wenn er besonders aufgeregt war. Er wollte sich beweisen, daß er sprechen konnte, daß die Sprache ihm gehorchte, daß er eigentlich »normal« war. Wenn er mit sich allein war, gab es kaum Schwierigkeiten. Auch mit Kindern war es leicht. Und mit alten Menschen. Aber wenn man reden mußte, weil andere es erwarteten, wenn man dazu gezwungen wurde oder sich selber zwang – wie die Frau im Fernsehen –, dann war es schrecklich.
Felix erinnerte sich plötzlich an eine besonders schlimme Situation: das Bibellesen. In der Grundschule hatten sie einen Lehrer, der manchmal Texte aus der Bibel satzweise vorlesen ließ. Felix fühlte seine Verzweiflung von damals heute noch. Wie das Unglück mit jedem Satz näher kam, unaufhaltsam und unausweichlich. Sollte er rausrennen? Vom Stuhl fallen? Einen Hustenanfall kriegen? Alle Möglichkeiten wirbelten durch seinen Kopf, während er wie gelähmt dasaß und das Unheil ihn traf. Nur ein Satz – aber welche Qual! Wenn es überstanden war, hockte er da, naßgeschwitzt, mit hämmerndem Herzen und zittrigen Händen. Dann haßte er den Lehrer abgrundtief.

Der Sonntag zog sich endlos. Felix saß in seinem Zimmer und grübelte. Er wußte, daß er sich Marion gegenüber unmöglich benommen hatte. Jetzt würde sie ihn sicher behandeln wie Luft. Das Referat war ihm egal, aber er hätte gerne gewußt, ob sie es mitgenommen hatte. Er könnte sich ohrfeigen! Woher sollen die anderen denn wissen, daß das Telefon für ihn ein Marterinstrument ist? Keiner, der nicht betroffen ist, kann sich das vorstellen. Kaum einer ahnt, was es bedeutet zu stottern. Darum werfen sie einem die Wörter hin oder geben die Antwort, wenn die Frage noch nicht zu Ende gesprochen ist. Das Schlimmste ist, wenn sie einen Zettel bringen. »Hier, schreib auf, was du nicht sagen kannst!« Nein, sie ahnen alle nichts.
Plötzlich fiel ihm Bill ein. Sie hatten lange nichts voneinander gehört. Felix fühlte, daß er Bill vermißte. Er wollte ihn wieder mal ganz nahe haben – wie damals.
Da war Felix zwölf. Die Mutter hatte beschlossen, ihn in den Ferien zu Verwandten nach Amerika zu schicken. Für sein Englisch wäre es gut, sagte sie. Dabei hatte sie aber auch noch den Hintergedanken, die fremde Sprache könnte ihm helfen, im Umgang mit der eigenen sicherer zu werden. Überhaupt, das Leben drüben würde ihm guttun! Felix weigerte sich. Alleine weg von zu Hause – das machte ihm große Angst.
»Da ist doch dein Cousin Bill. Der ist fast so alt wie du.«
Der Cousin Bill war Felix egal.
»Eine einmalige Chance! Was meinst du, wie gerne die anderen aus deiner Klasse fahren würden!«

Auch das war Felix egal.
Als die Mutter merkte, daß nichts zu machen war, fand sie eine andere Lösung: Cousin Bill kam zu ihnen.
Und die beiden wurden ganz schnell Freunde.
Bill sprach genau sechs Worte Deutsch, als er eintraf: Danke, Bitte, Ja, Nein, Guten Tag. Als er nach vier Wochen wieder abreiste, sprach er immer noch genau sechs Worte Deutsch.
Felix ging es in der Zeit mit Bill so gut wie nie zuvor. Sie waren unzertrennlich, lachten viel, machten sich über alles lustig und verstanden sich ohne Worte. Und wenn Bill manchmal Lust hatte zu reden, dann hörte sich sein Amerikanisch für Felix ganz anders an als das Englisch in der Schule. Es hätte auch Chinesisch sein können. Oder irgendein afrikanischer Dialekt.
Einmal besuchten sie eine Vorstellung im Theater, wo der berühmte Pantomime Bip auftrat. Nach diesem Erlebnis waren sie beide fest entschlossen, Pantomimen zu werden. Wie Bip eine Treppe, die gar nicht da war, rauf- und runterging! Und sich an einer nicht vorhandenen Glaswand entlangtastete! Oder wie er Menschen spielte: die unterschiedlichsten Typen! Ohne Maske, ohne Schminke! Nur mit seiner Mimik und seinen Gesten. Und ohne ein einziges Wort!
Felix und Bill übten überall.
»Er soll Deutsch lernen«, schimpfte die Mutter, »und nicht Schauspielerei! Und dir würde es auch guttun, wenn ihr mal in dein Englischbuch gucken würdet!«
Beim Abschied auf dem Flughafen zog Bill seine größte

Nummer ab. Die Eltern schüttelten die Köpfe. Aber Felix verstand alles, jedes »Wort«. Bill würde im nächsten Jahr wiederkommen. Und sie würden wieder unheimlich viel Spaß haben und weiterüben. Und Felix sollte ihm schreiben, natürlich auf Englisch. Und er sollte mal rüberkommen, vielleicht zu Weihnachten.

Zu Felix' Mutter sagte Bill: »Dankeschön!«, zum Vater: »Guten Tag!« Dabei machte er vor jedem einen artigen Diener.

Warum hatte Felix so lange nicht mehr an Bill gedacht? Und warum erinnerte er sich gerade jetzt an ihn? Irgendwie fühlte er, daß es mit Marion zu tun hatte.

Es klopfte an seine Tür. Felix fuhr hoch, als ob er tief geschlafen hätte.

»Telefon! Für dich!« rief der Vater von draußen.

Das konnte nur Marion sein. Bloß nicht nachdenken! Einfach runterlaufen, den Hörer abnehmen! Noch ehe die Angst ihn richtig gepackt hatte, hörte er Marions Stimme: »Du, Felix, ich bin schon zurück. Wenn du willst, können wir uns treffen, in der Eisdiele.«

Felix hatte das Gefühl, aus einem Alptraum zu erwachen.

»Hallo, Felix, bist du noch da?«

»Mh!« Mehr brachte er nicht heraus.

»In einer halben Stunde in der Eisdiele. Okay?«

»Mh!«

Sie saßen vor ihrem Eis und sprachen kein Wort. Plötzlich ging Felix ein Licht auf: Bills Augen. Marion hatte Bills Augen. Leuchtend blau und sehr lebhaft.

»Warum guckst du mich denn so an? Ist da was?« Sie wischte sich die Augen.
Felix lachte: »Du hast Bills Augen!«
»Wer ist denn Bill?«
»Muß ich dir mal erzählen.«
Er spricht ganz fließend, dachte Marion.
Ob sie es jetzt wagen konnte, ihn zu fragen, was mit dem Referat würde? Sie holte es aus ihrer Tasche, legte es auf den Tisch, wartete. Es kam nichts.
»Soll ich ...?«
»Wenn du öm-öm willst.«
Sie nickte und strahlte ihn an. »Klar! Ich freu mich richtig drauf!« Dann packte sie das Referat wieder ein.
Bills Augen! dachte Felix und hatte wieder das Gefühl zu fliegen. Heute wollte er sie nach Hause bringen.
Aber sie gingen nicht auf direktem Weg, sondern machten noch einen Schlenker durch den Park. Plötzlich stellte Marion sich vor ihn hin, holte tief Luft und sagte: »Mensch, Felix, ich bin unheimlich froh, daß du dich entschlossen hast!«
Sofort wurde bei Felix der Fluchtreflex ausgelöst – wie immer, wenn ihm jemand zu nahe kam. Aber jetzt war da auf einmal etwas, das den Mechanismus stoppte. Und statt nach hinten zu verschwinden, streckte er seine Arme nach vorn und legte sie wie zwei Klammern um Marion.
»Drück mich bloß nicht tot!« flüsterte sie.
Da ließ er locker und hielt sie ganz sanft und spürte ihre Wärme.

Felix war glücklich. Noch nie hatte er solche Zärtlichkeit gefühlt.
Er brachte Marion bis vor ihr Haus.
Das Referat blieb in ihrer Tasche.

Montag, Geschichtsstunde.
In der Klasse herrschte Hochspannung. Alle guckten Felix verstohlen an. Der sah ganz ruhig aus. Als Frau Löser in die Klasse kam, war die Stimmung auf dem Siedepunkt.
»Dein Referat hören wir in der zweiten Hälfte der Stunde«, sagte sie. »Ich möchte erst das Thema vom letzten Mal zu Ende führen.«
Leises Protestgemurmel in der Klasse. Frau Löser überhörte es. Felix warf Marion einen schnellen Blick zu. Sie lächelte und nickte beruhigend. Er sollte nicht merken, wie aufgeregt sie war. In der letzten Nacht hatte sie kaum geschlafen.
Erst war ihr alles so leicht erschienen. Aber je länger sie darüber nachgedacht hatte, wie sie der Klasse die Sache beibringen sollte, desto schwieriger war es geworden. Sie hatte immer neue Formulierungen ausprobiert.
»Ihr wißt ja, daß Felix sein Referat nicht halten kann ...«
War ja blöd! Natürlich wußten sie es!
»Ich hab Felix überredet, mir sein Referat zum Vorlesen zu geben ...«
Nein! Was ging das die andern an!
Vielleicht müßte sie erklären, daß Felix das Referat ganz allein gemacht hatte und sie es nur lesen würde, weil ...
Quatsch! Das war doch wohl klar!

Was sie sagen wollte, sollte selbstverständlich klingen und doch wichtig sein. Aber gerade das machte es ja so kompliziert. Wenn bloß keiner zu lachen anfing!
Marion bekam nicht viel mit von dem, was in der ersten halben Stunde in der Klasse passierte. Das Warten war schrecklich. Die Zeit dehnte sich endlos.
Endlich sagte Frau Löser: »So, Felix, jetzt bist du dran!«
Marion hatte weiche Knie. Sie ging langsam nach vorne, drehte sich zur Klasse. Alles, was sie sich ausgedacht hatte und sagen wollte, war weg.
»Ich lese das Referat von Felix«, sagte sie mit belegter Stimme.
Die Klasse war baff. Das merkte Marion, obwohl sie nur auf die Blätter in ihrer Hand starrte. Und dann stürzte sie sich in das Referat, legte einfach los, stolperte aber schon im zweiten Satz, kriegte das Wort »Judenpogrom« nicht raus, stotterte fürchterlich. Verdammt! Das fehlte noch! Wenn sie jetzt auch anfing! Sie holte tief Luft. Begann noch einmal. Nun klappte es. Je weiter sie mit dem Text kam, desto ruhiger wurde sie. Bald machte es ihr sogar Spaß. Sie las gut.
Die Klasse hörte aufmerksam zu. Was sie da erfuhren, war erschütternd. Man konnte es kaum glauben. So still war es selten bei ihnen.
Marion las den Schluß, raffte die Blätter zusammen und wollte an ihren Platz zurückgehen. Da fing einer an zu klatschen. Und die anderen fielen sofort ein.
Wie im Theater! dachte Marion. Sie war ziemlich verwirrt

und wußte nicht, was sie tun sollte. Schließlich konnte sie sich ja nicht verbeugen!
Da sagte Frau Löser: »Das Referat war sehr gut. Aber jetzt möchte ich von euch wissen, für wen ihr geklatscht habt.«
Einen Augenblick war nichts zu hören. Dann rief Robert: »Für beide natürlich!«
Sofort drehten sich alle zu Felix und klatschten noch mal laut und sehr lange. Felix wurde rot wie eine Tomate. Und er wußte es. Aber das machte ihm jetzt gar nichts.
Er war mit einem Bein raus aus seinem Teufelskreis.

Marion hatte ihm das Referat auf seinen Platz gelegt und war nach dem Unterricht schnell verschwunden. Warum bloß? Vielleicht wußte sie nicht, was sie sagen sollte. Felix hätte es auch nicht gewußt – selbst wenn er fließend hätte sprechen können. Schade nur, daß sie sich nicht verabredet hatten: zum Eisessen oder so.
Einige aus der Klasse nickten Felix im Hinausgehen noch aufmunternd zu oder zwinkerten mit den Augen und streckten eine Faust mit hochgerecktem Daumen in die Luft. Er spürte, daß sie ihn mochten. So glücklich wie heute war er noch nie aus der Schule gegangen – seit damals im zweiten Schuljahr.
Wenn er jetzt nur nicht direkt nach Hause müßte! Er wußte, daß die Mutter wartete. Sie hatte ihm heute morgen ein paarmal aufmunternd zugenickt. Felix hatte getan, als merkte er nichts. Und als der Vater ein leises »Mach's gut« über die Zeitung geflüstert hatte, war er schnell vom Tisch aufge-

standen. Die Mutter hatte ihm noch nachgewinkt, als er schon auf der Straße war.
Sie sollte jetzt nur nicht die Tür aufreißen und sagen: »Ich hab den ganzen Morgen an dich gedacht!« Hätte er ihr bloß nichts von dem Referat erzählt! Die Sache mit Marion würde sie jedenfalls nicht erfahren. Das war sein Geheimnis.
Felix sah ihren Schatten von weitem hinter der Küchengardine. Sie tat ihm plötzlich leid. Warum sollte er ihr nicht sagen, wie schön es heute war? Warum sollte sie sich nicht mit ihm freuen?
»Na, wie war's? Ich hab immer an dich gedacht.« Sie guckte ihn forschend an.
»Gut.«
»Hast du es wirklich gehalten?« Ihr Blick war fordernd und voller Zweifel.
So hat sie mich schon immer angesehen, dachte Felix.
Er nickte und ging an ihr vorbei in sein Zimmer. Sollte sie doch einen aus der Klasse fragen oder Frau Löser anrufen und erfahren, wie es war! Er konnte es ihr nicht sagen. Und das hatte gar nichts mit dem Sprechen zu tun. Nicht die Worte fehlten ihm, sondern etwas anderes: ein Gefühl, für das er keinen Namen wußte. Mit seiner Hochstimmung war es jedenfalls vorbei.
Und jetzt mußte er auch noch mit den Eltern zu Mittag essen. Der Vater kam – ausnahmsweise. Felix hatte überhaupt keinen Hunger. Wenn er sich wenigstens auf ein Treffen mit Marion am Nachmittag hätte freuen können! Dann wäre alles leichter. Ihm kam eine Wahnsinnsidee. Er wollte sie ein-

fach anrufen. Es versuchen. Hier im Haus ging es natürlich nicht. Die Mutter nebenan – und er am Telefon ...! Also zur nächsten Telefonzelle!

»Wohin willst du denn noch? Wir essen gleich!«

»Bin sofort zurück.« Es ging wie geschmiert.

Die Telefonzelle war leer. Er suchte Marions Nummer. Wo seine Finger die Seiten berührten, blieben feuchte Flecken zurück. Er tippte die Zahlen ein. Der Ruf ging durch. Wenn sie sich nur schnell meldete! Es dauerte entsetzlich lange. Wie oft sollte er klingeln lassen? Er hatte keine Erfahrung. Da endlich hörte er eine Stimme. Es war nicht Marion. Vielleicht ihre Mutter? Er legte den Hörer auf. Schade! Bestimmt hätte er es geschafft zu reden, wenn Marion am Apparat gewesen wär!

Felix kam mit dem Vater gleichzeitig vor der Haustür an.

»Na, wie war's? Hat es geklappt?«

»Ja.«

»Weißt du schon deine Zensur?«

Diese Frage hatte Felix nicht erwartet. Sie riß seine Stimmung wieder hoch.

»Sehr gut!« sagte er stolz.

Der Vater klopfte ihm anerkennend auf die Schulter. Sie gingen ins Haus. Felix hatte plötzlich einen Bärenhunger.

Nach dem Essen lief er wieder zur Telefonzelle. Er konnte unmöglich den ganzen Nachmittag alleine bleiben. Was dann passieren würde, das wußte er genau: Er würde in ein Loch fallen. Nein, er brauchte jemanden, der seine Freude mit ihm teilte und festhielt. Am liebsten Marion.

Sie war wieder nicht am Apparat. Dieselbe Stimme wie vorhin! Felix legte wieder auf. Verdammt! Warum konnte er nicht einfach sagen: »Ich möchte Marion sprechen!« Warum mußte sein Stottern ihm immer alles kaputtmachen? Warum konnte ihm keiner helfen? Und wohin sollte er jetzt gehen?
Er war schon ein ganzes Stück gelaufen, als ihm bewußt wurde, daß er sich in Richtung Joachimstraße bewegte. Vor dem Haus von Herrn Büscher holte er tief Luft.
»Es kann ja sein, daß sie da im Therapiezentrum in Niederburg eine besondere Methode haben! Man muß alles versuchen!« hörte er im Geiste die Mutter sagen.
Herr Büscher öffnete selbst. Gott sei Dank!
»Hallo, Felix!«
»Es ist öm-öm wegen ...«
»Komm erst mal rein!«
Sie gingen wieder in das Arbeitszimmer und saßen genauso wie damals, als Felix zum erstenmal hier war.
»Ich hab von deinem Referat gehört. Prima! Frau Löser will es den Leuten von der Schülerzeitung geben. Sie sollen ein Stück daraus veröffentlichen.«
Felix sah den Direktor an und schaffte es für ein paar Sekunden, den Blickkontakt zu halten. Das gelang ihm sonst fast nie.
»Was gibt es?« fragte Herr Büscher.
»Die Therapie ... ich-ich ...«
Es dauerte lange, bis Felix sein Anliegen vorgebracht hatte. Er wurde nicht unterbrochen. Kein Wort von der anderen Seite verschloß ihm den Mund. Er durfte stottern.

»Als erstes mußt du zu eurem Hausarzt«, sagte Herr Büscher. »Der muß dich nämlich einweisen. Natürlich kommst du nicht von heute auf morgen dahin. Ich nehme an, daß sie eine Warteliste haben. Wenn du willst, ruf ich an und bitte, daß sie dir Informationsmaterial schicken. Die Sache mit dem Hausarzt besprichst du am besten mit deinen Eltern. Oder?«

Felix nickte und stand auf, obwohl er am liebsten noch lange sitzen geblieben wäre.

An der Tür fragte der Direktor: »Wie geht es dir eigentlich in der Neun? Kommst du zurecht?«

»Gut!« sagte Felix und dachte an Marion und Frau Löser und Robert und alle anderen – wie sie heute morgen gewesen waren.

»Halt mich auf dem laufenden!« rief Herr Büscher ihm nach.

Felix ging denselben Weg zurück zur Telefonzelle. Aller guten Dinge sind drei! Er hörte Marions Stimme – und brachte keine Silbe raus.

»Felix?« fragte Marion. »Bist du das, Felix?«

»Mh.«

»Hol mich ab. Ich warte vorm Haus.«

Sie brauchten heute viel mehr Zeit, als man für einen Fruchteisbecher benötigt. Und sie brauchten einen Platz, wo ringsum keine Ohren waren. Also, die Bank im Park!

Felix erzählte stockend von seinem ersten Gespräch mit dem Direktor über das Therapiezentrum in Niederburg. Von seiner Angst vor der Therapie oder besser gesagt davor, daß sie ihm auch nicht helfen würde – wie die anderen Versuche. Von seiner Enttäuschung und Wut in der Telefonzelle heute mittag. Von seinem plötzlichen Entschluß, nach Niederburg zu gehen. Und von dem zweiten Gespräch mit Herrn Büscher vorhin.

Marion sagte die ganze Zeit nichts. Aber Felix spürte, wie ihre Hand auf seinem Arm immer wärmer wurde.

6.

Das Informationsmaterial war da, bevor Felix mit seinen Eltern gesprochen hatte. Immer wieder hatte er es rausgeschoben. Denn mit ihnen fiel ihm das Reden besonders schwer. Manchmal kam ihm der Verdacht, daß er ihnen die Schuld an seiner Behinderung zuschob. Das war schrecklich, und er wehrte sich mit aller Kraft dagegen. Oft wünschte er sich, einmal wirklich mit ihnen sprechen zu können. Warum schaffte er das nicht? Auch jetzt nicht, in dieser besonderen Situation! Sie fragten ihn, ob er die Sache mit Herrn Büscher besprochen hätte. Er nickte. Ob er die Therapie auch wirklich machen wollte. Er zuckte mit den Schultern. Ob sie einen Termin beim Hausarzt ausmachen sollten. Er nickte.
In dem Schreiben von Niederburg war ein Termin für ein Vorgespräch angegeben. Felix wollte mit dem Zug hinfahren. Alleine. Als er es der Mutter sagte, bot sie ihm mehrmals an, ihn mit dem Wagen zu bringen. Das brauchte nur die halbe Zeit. Aber er blieb bei seinem Entschluß. Denn er hatte das Gefühl, daß dies eine Sache war, die er allein anpacken mußte.
An einem Montagmorgen stieg er in den Zug nach Niederburg. Zwei Stunden Fahrt. In seinem Abteil saßen nur ältere Leute. Der Berufsverkehr war schon vorbei. Glücklicherweise erwischte Felix einen Fensterplatz, so daß er nach

draußen sehen konnte. Er spürte, daß ihn alle anstarrten. Wahrscheinlich dachten sie: Warum ist der nicht in der Schule oder an seinem Arbeitsplatz? An der ersten Haltestelle stieg noch eine alte Frau ein, beladen mit einem Riesenkoffer und einer Riesentasche. Schwer atmend rollte sie den Koffer ins Abteil. Alle zogen die Beine an. Da stand das Monstrum, und die Frau guckte hilfesuchend umher. Ihr Blick blieb an Felix hängen. Auch alle anderen Augen richteten sich auf ihn. Er sprang auf und stemmte den viel zu großen Koffer ins Gepäcknetz, auf den einzigen noch leeren Platz. Die Frau bedankte sich überschwenglich. Und die anderen nickten, als hätte Felix auch ihre Koffer nach oben befördert. Die Frau fragte ihn, wie weit er denn führe. Felix kam ins Schwitzen. Sonst fiel ihm das Sprechen mit älteren Menschen ja nicht so schwer, aber hier, in dem engen Raum, wo vier Augenpaare ihn fixierten!
»Niederburg«, sagte er mühsam.
»Das trifft sich ja gut! Da steig ich auch aus. Ich besuch eine Freundin. Wohnst du da? Oder muß man schon ›Sie‹ sagen?«
Felix schüttelte den Kopf. Nichts wie weg! dachte er. Aber ehe er aufstehen konnte, hagelte es von allen Seiten: Wo er denn wohne? Ob er noch zur Schule ginge? Und so weiter. Felix fühlte sich eingekreist. Die Fragen standen wie Lanzen aufgerichtet um ihn herum und versperrten ihm den Weg. Er schnappte nach Luft. Was sollte er bloß machen?
Da schob sich die Abteiltür auf. Sofort drehten sich alle Blicke dorthin. In der Tür stand ein dicker, schwitzender

Mann – mit einem Riesenkoffer. »Platz fünfzehn!« brüllte er wie jemand, der schwerhörig ist.
Alle schüttelten die Köpfe.
»Da, am Fenster«, sagte einer und zeigte auf Felix.
Der Dicke brüllte: »Das ist mein Platz. Hier, die Platzkarte!«
Felix angelte seine Tasche und verschwand blitzschnell. Der Mann zwängte sich in das Abteil. Er konnte nicht ahnen, wie dankbar Felix ihm war. Im Weggehen hörte Felix die Frau mit dem Koffer sagen: »Ein komischer Junge!« Und ein Mann brummte: »Die sprechen doch nicht mit uns Alten!«
Felix ging in einen anderen Wagen und setzte sich auf einen Notsitz im Gang. Wo der Dicke wohl seinen Koffer läßt? dachte er und stellte sich vor, was sich da jetzt im Abteil abspielte. Er war froh, weit weg zu sein. Das mußte er alles Marion erzählen!

Den Weg zum Therapiezentrum fand Felix mühelos mit Hilfe des Stadtplans. Das Gebäude lag in einem schönen, großen Park mit vielen alten Bäumen. Da noch Zeit war bis zu seinem Termin, ging Felix in großem Bogen rund um das Haus herum. Kein Mensch weit und breit. Alles still. Auch in ihm war es merkwürdig ruhig. Als er aber vor dem Empfang stand und nach Zimmer 12 fragen wollte, fing sein Herz an zu rasen.
»Zimmer 12?« fragte eine Stimme hinter der Scheibe.
Felix nickte.
»Eine Treppe hoch, rechts, letzte Tür auf der linken Seite.«

»Danke«, murmelte Felix und stieg in die erste Etage.
Der Therapeut war ein junger Mann mit ruhigen Augen und einer leisen, warmen Stimme. »Wir haben Zeit«, sagte er zur Begrüßung. Dann fing er an, über den Verlauf der Therapie zu sprechen.
So müßte man reden können! dachte Felix. Später erfuhr er, daß der Therapeut selbst Stotterer war.
Nach einer Weile machte er eine Pause. Es blieb lange still zwischen ihnen. Dann fragte er: »Willst du mir jetzt sagen, was du hier erwartest!«
Felix fühlte sich wie aus einem schönen Traum gestoßen. Er verstand die Frage nicht. Was er erwartete, war doch sonnenklar: nicht mehr stottern zu müssen!
»Sag es mir trotzdem«, hörte er den Therapeuten.
Felix setzte an. Es ging sehr schwer. Eigentlich wollte er nur drei Worte sagen: nicht mehr stottern! Aber es wurden viel mehr. Als ob sich ein Ventil geöffnet hätte. Felix hatte das Gefühl, noch nie in seinem Leben so schlecht gesprochen zu haben, und wußte am Ende, daß er noch nie so viel von sich gesagt hatte.
Der Therapeut saß ganz ruhig da, als sei es das Selbstverständlichste von der Welt, daß jemand stotternd sein Leben erzählt. »Gut«, sagte er schließlich, »ich weiß noch nicht genau, wann du aufgenommen wirst. Die nächste Gruppe ist voll. Wahrscheinlich kommst du in die übernächste. In einem halben Jahr ungefähr. Dann sehen wir uns wieder. Wir werden dann eine Art Vertrag schließen, du und ich. Du mußt dich verpflichten, alle Regeln der Therapie anzuerkennen

und strikt einzuhalten, während der ganzen Zeit hier. Und ich verpflichte mich, alles für dich zu tun, was möglich ist, zusammen mit den anderen Betreuern. Zu Beginn der Therapiezeit gibt es eine Veranstaltung, an der auch deine Eltern und Geschwister teilnehmen können – und wenn da sonst noch jemand ist. Da erfahren die Neulinge von denen, die die Therapie hinter sich haben, wie die Sache läuft und wie weit man hier kommen kann. Viele schaffen es, nahezu stotterfrei zu sprechen.«

Felix hatte die ganze Zeit mit beklommenem Herzen zugehört. Ein halbes Jahr warten! Vertrag! Regeln! Das waren harte Brocken! Aber der letzte Satz fuhr wie ein heller Strahl in ihn hinein, traf ihn – fast wie ein Fliegerpfeil: »Viele schaffen es, nahezu stotterfrei zu sprechen.« Wie einen kostbaren Schatz trug er ihn nach Hause und durch die folgende Zeit. Doch das Warten wurde lang. Wenn Marion nicht gewesen wäre, hätte er es manchmal nicht ausgehalten.

Nach einem Monat riefen sie vom Therapiezentrum an. Jemand aus der nächsten Gruppe fiel aus. Felix rückte vor und konnte in zwei Wochen kommen.

Am letzten Schultag vor seiner Abreise ging er in der großen Pause in das Zimmer des Direktors, um sich von ihm zu verabschieden.

»Mach was draus, Felix!« sagte der. »Und wenn du Lust hast, schreib mal.«

Im Kopf hatte sich Felix ein paar Sätze zurechtgelegt. Aber er spürte, daß er sie nicht loswerden konnte. Wie so oft saß vor dem Sprechen ein Gefühl, das ihm sagte: »Es geht nicht! Du kannst nicht!« Nur wenn das Sprechen schneller war als dieses Gefühl oder wenn ein anderes Gefühl stärker war, dann klappte es. Also immer, wenn er überrumpelt wurde und ihm keine Zeit zum Überlegen blieb. Oder wenn er wütend war und die Wut die Angst vor dem Stottern erstickte. Beides war jetzt nicht der Fall. Aber er geriet auch nicht in Panik wie sonst, sondern nickte und lächelte und sah Herrn Büscher an – ein paar Sekunden lang. Und er hatte das Gefühl, alles gesagt zu haben, was er sagen wollte.

Am Nachmittag traf er sich mit Marion. Sie fuhren mit den Rädern zum Rhein. Beide hatten keine Lust, in der Eisdiele oder im Park zu sitzen. Wo es möglich war, fuhren sie nebeneinander her, aber meist war Felix vorn. Er führte Marion genau die Strecke, die er vor drei Monaten gefahren war, als ihm die Schule bis zum Hals stand. Wie allein war er da gewesen!

Marion sah seinen Rücken vor sich. Warum fährt er nur so schnell! dachte sie. Und wohin will er? Könnte mir doch wenigstens sagen, wohin er will! Vielleicht ist er aufgeregt – wegen morgen. Ob er jemals richtig sprechen kann? Woher kommt so was nur?

Felix hielt an der Bank, auf der er damals stundenlang gesessen hatte. Sie waren beide außer Puste und ließen sich fallen. Lange blieb es still. Marion spürte, daß er etwas sagen wollte. Sie faßte seine Hand. Ihre Finger schoben sich ineinander.

»Hier h-h-hat alles an-ge-gefangen«, sagte Felix und sprach von seinen »Ausflügen« damals, jeden Morgen; von seiner

Traurigkeit und Angst und von der Wasserfurche hinter der Schiffsschraube. Er sprach sehr langsam. Marion hörte zu. Ich muß immer zuhören! dachte sie plötzlich. Er fragt nie, ob ich was sagen will! Sie hätte auch mal gerne über ihre Probleme gesprochen. Zum Beispiel darüber, daß ihr Bruder zu Hause der Star war und sie immer in seinem Schatten stand, vor allem beim Vater. Aber wenn Felix sie gar nicht fragte, sondern immer nur reden wollte! Obwohl es ihm so schwerfiel. Oder gerade deswegen? Wieviel hatte er wohl schon runtergeschluckt, was andere so einfach rauslassen? Marion sah im Geiste eine große Flut von Wörtern und Sätzen in seinem Innern angestaut.

Auf einmal wurde ihr bewußt, daß sie ihm schon eine ganze Zeit lang nicht mehr zugehört hatte. Sie hatte ihre eigenen Gedanken gesponnen und dabei seinen Erzählfaden verloren. Felix sagte gerade, er käme an den Wochenenden nach Hause. Ihretwegen. Sonst bliebe er lieber da. Sie würden dort eine Kunstsprache lernen, sagte er, aber nur als Krücke, für eine bestimmte Zeit. Danach könnten die meisten viel besser sprechen, manche sogar … »Stotterfrei«, wollte er sagen. Aber er kriegte das Wort nicht raus, so sehr er sich auch mühte. Marion erschrak über sein zuckendes Gesicht. »Normal«, sagte er endlich, sprang plötzlich hoch, schwang sich auf sein Rad und fuhr los.

Marion saß ein paar Augenblicke steif wie eine Schaufensterpuppe. Dann raste sie hinterher. Er war schon ein ziemliches Stück entfernt. Verdammt! Ließ sie einfach sitzen! Wörtlich. Wenn sie ihn einholte, würde sie ihm die Meinung sagen. Aber richtig! Sie konnte doch nichts dafür, daß er stotterte! Und daß er morgen weg mußte! Außerdem war er nicht allein auf der Welt. Andere hatten auch Probleme! Sie strampelte sich richtig in Wut. Aber sie kam ihm kein bißchen näher. Sie spürte, wie ihr die Tränen über die Backen liefen. Er ist gemein! dachte sie und wollte aufgeben. Da stoppte er, kam zurück und stand vor ihr. Es sah aus, als ob er geweint hätte.

»Können wir uns nächsten Samstag treffen?« fragte er, schrecklich stotternd.

Sie nickte. »Um fünf in der Eisdiele.«

Er stieg wieder auf und trat in die Pedale.

»Ich freu mich!« rief Marion hinter ihm her.

Er winkte, ohne sich umzudrehen.

7.

Die Eltern brachten Felix nach Niederburg. Im Auto wurde kaum gesprochen. Jeder hing seinen Gedanken nach.
In Felix kämpften ganz unterschiedliche Gefühle miteinander. Es gab Augenblicke, da drückte die Traurigkeit alles nieder. Dann wieder flammte Wut auf. Warum ich! Doch manchmal siegten Hoffnung und Neugier und ließen seine Gedanken vorauseilen.
»Jetzt sind wir bald da«, sagte der Vater.
»Es ist auch Zeit. Um elf Uhr fängt es an!« sagte die Mutter.
»Und du mußt sicher erst auf dein Zimmer.«
»Ja«, sagte Felix.
Am Empfang wurde ihm der Weg zu seinem Zimmer beschrieben. Er nahm den Koffer, die Jacke, die Gitarre und marschierte los.
»Wir warten in der Aula!« rief der Vater ihm nach.
Felix stieg zwei Treppen hinauf und durchquerte einen langen Korridor. Wie oft werde ich diesen Weg wohl gehen? dachte er und fühlte sich ziemlich elend.
Sein Nachbar hatte sich schon häuslich eingerichtet, war aber nicht im Zimmer. Für Felix blieb nur das Bett in der Ecke, weit weg vom Fenster. Er stellte und legte alles ab und ging den Weg zurück.
Die Aula war ein kleiner Raum. Es herrschte Hochbetrieb:

Eltern, Geschwister, Verwandte, Freunde und natürlich die Patienten. Felix schaute sich um. Wer könnte wohl aus seiner Gruppe sein?
»Hier, Felix! Hier sind wir!« tönte es durch den Saal. Die Mutter stand da und winkte mitten aus der mittleren Reihe. Felix' Kopf glühte. Er wäre am liebsten weggetaucht. Verdammt! Er hätte sie auch so gefunden! Langsam drängte er sich durch bis zu dem Platz zwischen seinen Eltern. Jetzt weiß jeder hier, daß ich so einer bin! dachte er.
Auf dem Podium saß der Therapeut, den Felix kannte, mit zwei anderen. Sie fingen pünktlich an. Zuerst gab es viel Information über den Aufbau der Therapie. Dann wurde ein kurzes Tonband abgespielt, auf dem ein Junge schrecklich stotterte. Jetzt hätte Felix leicht herausfinden können, wer im Saal Patient war: an den Gesichtern und daran, daß sie auf die Fußspitzen starrten.
Nach einer kleinen Pause sagte einer der Therapeuten: »Der Junge, den Sie gerade gehört haben, wird Ihnen jetzt etwas von seinen Erfahrungen in der Therapie erzählen.«
Ein großer, dünner Junge mit langen, lockigen Haaren, ungefähr so alt wie Felix, vielleicht auch etwas älter, stieg auf das Podium. Er hatte einen Zettel in der Hand. Felix saß da, wie eine Feder gespannt. Der Junge lächelte verlegen. Dann sprach er: sehr langsam, sehr ruhig und nahezu stotterfrei. Er sagte, er hätte sich wohl gefühlt in der Zeit hier und viel gelernt – und noch mehr begriffen. Vorher hätte er nie so gut gesprochen wie jetzt. Sie hätten Regeln gelernt für die Sprechtechnik. Wichtige Regeln. Aber auch noch andere,

wichtigere. Zum Beispiel: »Ich akzeptiere mich, wie ich bin« und »Das Stottern gehört zu mir; aber es darf mich nicht mehr beherrschen!« Ab und zu guckte er auf seinen Zettel. Die meiste Zeit sprach er frei und schaute ins Publikum. Zum Schluß holte er tief Luft und sagte: »Ihr könnt es auch schaffen. Bestimmt! Ihr müßt nur durchhalten – auch wenn es lang wird!«

Felix hatte das Gefühl, als bliebe der Blick des Jungen an ihm hängen. Fast stotterfrei! dachte er. Wenn ich das schaffen könnte!

Nach diesem Jungen sprachen noch ein paar andere Patienten. Sie redeten über den Tagesablauf im Sprachzentrum, über den Unterricht, den Sport, gemeinsame Ausflüge und ähnliches. Bei einigen ging es nicht ganz so glatt, aber alle brachten es glücklich hinter sich. Dann sagte der Therapeut, den Felix kannte, augenzwinkernd: »Wer nicht hierbleiben will oder keinen Hunger hat, kann jetzt gehen. Die anderen kommen mit uns in den Speisesaal. Nach dem Essen treffen wir uns zu unserem ersten Gruppengespräch in Raum 12, 1. Etage, rechts, letzte Tür links.«

Sofort war großes Geschiebe in der Aula. Die meisten drängten hinaus. Zehn Leute blieben zurück.

Felix hatte die Eltern beim Abschied nicht angesehen. Er wußte genau: Sie standen jetzt in der Tür und warteten, daß er winkte. Aber er drehte sich nicht um.

Während des Essens sprachen nur die Therapeuten. Es ging um organisatorische Dinge. Die Patienten schoben sich

schweigend die Schüsseln zu und schickten Blicke hin und her. »Also, in zehn Minuten!« sagte der Therapeut, den Felix kannte.
Felix wagte nicht, vorher noch auf sein Zimmer zu gehen. Er wollte auf keinen Fall zu spät kommen – zur ersten Sitzung.
In Raum 12 standen elf Stühle im Kreis. Zwei waren schon besetzt.
Hier kann sich keiner in die letzte Bank drücken, dachte Felix und setzte sich so, daß er möglichst viel Abstand von den beiden anderen hatte. Dann erschienen noch zwei Mädchen und fünf Jungen. Der Platz neben Felix blieb leer. Alle hockten wie festgeklebt auf ihren Stühlen und guckten immer wieder verstohlen auf den freien Sitz. Endlich kam der Therapeut – der mit den ruhigen Augen und der warmen Stimme.
»Ich denke, wir sollten zunächst unsere Namen kennenlernen«, sagte er. »Ich heiße Norbert Reichert. Jetzt seid ihr dran. Nur die Vornamen. Egal, wer anfängt.«
Es war unheimlich still im Raum. Felix kämpfte mit sich. Wenn es klappen würde, wäre es super, der erste zu sein. Wenn nicht, würde alles mit einer Niederlage anfangen.
»Ich heiße Theo«, sagte der Junge rechts neben dem Therapeuten sehr schnell und ohne Anstrengung.
Warum ist der überhaupt hier? dachte Felix. Wenn ihm schon der Name so leicht über die Lippen geht! Der Name ist doch das Schwerste überhaupt!
Als zweite meldete sich Dorothée. Beim »D« stieß sie an, aber dann schaffte sie es. Jetzt wollte Felix einen Anlauf neh-

men. Da sah er, wie der Junge, der ihm gegenübersaß, nach Luft schnappte und mit dem Kopf hackte – wie eine Schildkröte. Als wollte er etwas aus seinem Mund schütteln! Aber es kam nichts.

Alle warteten. Felix brach der Schweiß aus. Der Junge quälte sich schrecklich. Er kann es nicht ausspucken! dachte Felix und fühlte, wie sein eigenes Gesicht zu zittern anfing. Da endlich fiel der Name: Gerd.

Felix sah plötzlich die alte Frau vor sich, irgendwo vor einer langen Hecke, damals, als seine Beine noch zu kurz waren für lange Wanderungen. »Du kannst es auch nicht besser!« hatte der Vater gesagt. Und Birgit hatte in die Hecke erbrochen.

Ich muß es jetzt sofort wagen, dachte Felix, sonst schaff ich es nicht, vielleicht nie mehr!

»Ich heiße«, fing er ganz leise an, machte eine kleine Pause und schleuderte seinen Namen heraus, als ob ihn jemand peitschte. Die anderen guckten erschreckt. Felix fiel auf seinen Sitz zurück. Seine Hände waren naß.

Als die Runde geschlossen war, wiederholte Herr Reichert jeden einzelnen Namen. Er sprach sehr deutlich und langsam, mit langen Pausen. Felix war noch immer so aufgeregt, daß er nichts behielt. Nur der Name Gerd saß fest in seinem Gedächtnis.

Gerd war eine besondere Nummer.

Er hatte offensichtlich die schwersten Sprechstörungen in der Gruppe. Wenn er redete, war sein ganzer Körper in Bewegung. Aber er schien sich nicht viel daraus zu machen; denn er redete viel. Und hatte wirklich was zu sagen. Nach kurzer Zeit wußten alle, was er auf dem Kasten hatte. Und ein Komiker war er. Lachte wie keiner sonst. Konnte jeden imitieren. Wenn er daherstolzierte wie Dorothée oder sich setzte und die Beine übereinanderschlug und in die Runde blickte wie der Therapeut, lachten sich alle schief. Felix dachte dabei immer an den Pantomimen Bip – und an Bill – und an Marion, wegen Bills Augen. Er wäre gern mit Gerd auf einem Zimmer gewesen. Aber er wußte nicht, ob man tauschen durfte. Später wollte er fragen.

In seinem Zimmer war Theo, der so fließend sprach, daß man neidisch werden konnte. Was tat der bloß hier? Und warum schluckte er dauernd Tabletten? Weil er so zappelig war? Immer in Bewegung! Seine Augäpfel standen keinen Augenblick still, und er guckte einen nie an. Felix hatte das Gefühl, daß Theo selbst nicht wußte, warum er hier war. Er lief so verloren herum. Und alle gingen ihm aus dem Weg. Felix auch.

Eines Morgens sagte Herr Reichert: »Theo ist heute nicht da. Er muß zum Arzt.«

Da wurde Gerd plötzlich unruhig. »Warum ist der überhaupt hier?« Er stampfte die Worte mühsam heraus, mit hochrotem Kopf.

Herr Reichert verzog keine Miene. »Theo ist, wie alle hier, Vermeidungsstotterer«, sagte er. »Ihr kennt das: Man weicht aus, indem man schweigt oder bestimmte Situationen von vornherein meidet – zum Beispiel das Telefonieren.«

Felix war das alles sehr vertraut. Aber bei Theo hatte er noch nichts dergleichen bemerkt.
Herr Reichert fuhr fort: »Man weicht auch dadurch aus, daß man die Wörter, die man nicht rausbringt, durch Synonyme ersetzt, also durch Wörter mit gleicher oder ähnlicher Bedeutung.«
Auch das kannte Felix gut. Er hatte es tausendmal erlebt und wußte, wie schrecklich es ist, wenn das eigentliche Wort sich nicht sagen läßt und der Kopf verzweifelt Ersatz sucht. Aber Theo, der nie stockte und zauderte?
Herr Reichert erklärte, daß Theo ein besonderer Fall wäre. Daß er eine unglaubliche Schnelligkeit im Ersetzen von Wörtern und Satzteilen entwickelt hätte. Er dächte immer zwei- oder mehrgleisig und wäre der perfekte Vermeidungsstotterer – aus wahnsinniger Angst vor dem Stottern!
Das muß schneller gehen als Simultanübersetzung! dachte Felix. Ist ja irre!
Theo tat ihm plötzlich leid. Er nahm sich vor, ihn anzusprechen, wenn es sich ergäbe – und wenn er es schaffte. Oder ihm einfach zuzuhören, wenn die andern abhauten.

Am Abend lag er im Bett und dachte über den Tag nach, vor allem über Theo, der am anderen Ende des Zimmers leise schnarchte. Wieso konnte Theo seinen Namen so glatt sagen? Beim Namen war es doch nicht möglich, zu mogeln und ein anderes Wort an die Stelle zu setzen! Wie machte er das bloß? Felix mußte ihn unbedingt danach fragen! Vielleicht schon morgen.

Seit Felix hier war, hatte er Angst davor, im Schlaf zu sprechen oder zu schreien – wie damals in der Jugendherberge, als ihn alle ausgelacht hatten, oder wie zu Hause, wenn Birgit gegen die Wand schlug. Deshalb blieb er immer so lange wach, bis Theo eingeschlafen war.
Plötzlich hörte er ihn sprechen. Und traute seinen Ohren nicht. Theo stotterte. Er sagte nur einzelne Wörter, ohne Zusammenhang: Kleiderschrank, Fotoapparat und andere. Aber er kriegte sie kaum raus. Es war wie Würgen. Schlimmer als Gerd! dachte Felix und hustete laut. Theo wurde wach, drehte sich auf die Seite, schlief sofort wieder ein und schnarchte leise weiter. Felix fiel ein, was der Therapeut gesagt hatte: »Theo vermeidet so perfekt aus wahnsinniger Angst vor dem Stottern.«
Ob die Angst im Traum nicht da war? Oder ob der Trick im Schlaf nicht funktionierte, weil der Verstand langsamer arbeitet? Theo war für Felix ein Rätsel.
Wie ist das denn bei mir? dachte er, schon halb im Schlaf. Wie spreche ich, wenn ich träume? Eigentlich müßte es anders sein als bei Theo. Genau umgekehrt. Oder? Will mal drauf achten …

Am nächsten Abend schrieb Felix an Marion. Sie mußte unbedingt einiges über die Therapie erfahren, bevor sie sich am Wochenende sehen würden. Seine Eltern waren ja eingeweiht durch die Veranstaltung am ersten Tag. Aber Marion wußte nichts. Vom Anfang der Behandlung wollte er ihr auch gar nichts sagen: wie er zum erstenmal in seinem Leben auf Tonband gesprochen hatte und sich nachher sein Stottern anhören mußte. Und wie er vor der laufenden Kamera sprechen mußte und sich später auf dem Bildschirm sehen konnte: mit zuckendem Gesicht und fahrigen Händen.

Nein, davon schrieb er nichts. Trotzdem wurde der Brief lang. Denn es war kompliziert zu erklären, was »Sprechübungsbehandlung« bedeutet und wie Sprechmuster aussehen oder besser: sich anhören.

»Wir sind jetzt in der ersten Phase der Sprechübungsbehandlung«, schrieb er, »und lassen bei jedem Atemstoß nur ein einziges Wort raus. Dabei setzen wir ganz weich ein und ziehen die Vokale lang. Kannst du dir vorstellen, wie monoton das klingt: ›Iech – heihße – Feelix.‹ Manchmal spiele ich mir alle Töne auf meiner Gitarre vor, damit ich nicht vergesse, wie viele es sind. Aber es ist wichtig, daß wir eine Zeitlang so sprechen, denn dadurch verlieren wir die Angst vor den Wörtern. Der Therapeut hat uns gesagt, bis zum nahezu stotterfreien Sprechen (er sagt immer: nahezu stotterfrei) wäre ein weiter Weg, wie durch einen langen, dunklen Tunnel. Am Anfang wär der Tunnel so eng, daß jeder glaubte, nicht durchzukommen. Da sind wir jetzt. Ich hab immer das Gefühl, durch ein winziges Röhrchen sprechen zu müssen. Aber er sagt, bald käme eine Stufe in unserem Tunnel, die in einen zweiten Gang führt. Dort wäre etwas mehr Luft. Danach käme wieder eine Stufe in einen höheren Gang mit noch mehr Luft. Und nach dem vierten Gang wäre der Tunnel zu Ende. Immer wenn uns der Weg zu mühsam würde, sollten wir an das Licht am Ende des Tunnels denken und weitermachen, sagt er. Aber wir sind erst im ersten Gang. Lach bloß nicht, wenn du mich sprechen hörst! Ich darf das Sprechmuster keinen Augenblick vergessen. Sag mir bitte, wenn es passiert. Und wenn dich mein Sprechen nervt, dann denk auch an das Licht am Ende des Tunnels.«

Natürlich schrieb Felix noch mehr. Daß er sich auf das Wiedersehen freute, auf die Eisdiele, den Fruchteisbecher – auf alles! Marion sollte verstehen, wenn er nur dann sprechen würde, wenn keiner in der Nähe wär. Ob sie sich auch Sonntag treffen könnten? Er wäre manchmal sehr traurig. Es fiele ihm schwer zu glauben, daß er jemals richtig sprechen würde. Aber manchmal hätte er auch ganz viel Hoffnung. Von Theo und Gerd müßte er ihr unbedingt erzählen!

»Ein Brief fürs Schwesterchen!« rief Marions Bruder. »Ohne Absender! Läßt ja tief blicken! Wer ist denn der Glückliche?«

Marion riß ihm den Umschlag aus der Hand. »Geht dich gar nichts an!«

Sie hatte schon gewartet, obwohl Felix nichts vom Schreiben gesagt hatte. Mit solch einem langen Brief hatte sie allerdings nicht gerechnet. Manche Stellen mußte sie zweimal lesen. Es stand so viel Wichtiges da – auch zwischen den Worten.

Marion freute sich auf Felix. Aber ein bißchen Angst hatte sie auch: vor seiner Kunstsprache.

Samstag nachmittag, kurz vor fünf Uhr. Es regnete Bindfäden. Felix ging vor der Eisdiele auf und ab.

»Nichts wie rein!« sagte Marion zur Begrüßung.
Drinnen war was los! Sie suchten eine stillere Ecke. Allein waren sie da natürlich auch nicht.
Marion ahnte, daß Felix nichts sagen würde. Aber sie hatte jede Menge zu erzählen. In der Schule war einiges passiert – wie immer. Felix hörte zu. Er war glücklich, daß Marion da war. Und während sie redete, legte er ihr wie selbstverständlich seine Hand auf den Arm. Marion wurde rot bis in die Ohren. Ewig konnten sie da nicht sitzen!
»Kommst du mit zu mir?« fragte Marion. »Meine Eltern sind zur Oma gefahren, und Stefan ist bestimmt nicht zu Hause.«
Felix hatte sich schon oft ausgemalt, wie Marions Zimmer aussehen könnte. Warum eigentlich nicht! dachte er. Wenn da sonst keiner ist, mit dem ich sprechen müßte! Er fühlte, daß er mit Marion allein keine Probleme haben würde, nach dem Sprechmuster zu reden. Mit seinen Eltern ging es auch erstaunlich gut. Sie waren erst ein bißchen verlegen gewesen, als sie ihn abholten und er sie begrüßte: »Da – seid – ihr – ja – schon!« Aber dann lief alles prima. Felix hatte sogar mehr mit ihnen gesprochen als sonst.
Marions Zimmer war richtig gemütlich. »Mach's dir bequem!« sagte sie. »Ich hol uns was zu trinken.«
Felix sah sich um.
Über dem Schreibtisch waren Fotos an die Wand gepinnt, auch einige von Marion selbst. Keins von mir! dachte Felix und fand es plötzlich komisch, daß er sich immer weigerte, fotografiert zu werden. Außer dem Paßbild existierte kein

Foto von ihm aus den letzten Jahren. Kann man ja nachholen! dachte er.
Marion kam zurück, stellte die Gläser auf den kleinen, runden Tisch und goß ein. Jetzt könnte er mal was sagen! dachte sie. Als ob er ihre Gedanken gelesen hätte, fing er an. »Hoffentlich – sprech – ich – nicht – zu – langsam.«
Marion schüttelte den Kopf. Aber sie war erschreckt über seine monotone Stimme. Durch das langsame Tempo, das Dehnen der Vokale und das bewußte Einatmen zwischen den Wörtern klang sein Sprechen verfremdet. Wie eine Schallplatte bei falscher Umdrehung! Aber er blieb wenigstens nicht hängen! Konnte immer weiterreden. Und je länger er sprach, desto froher wurde Marion. Er stotterte nicht! Das war toll!
Felix erzählte lange. Natürlich längst nicht alles. Marion stellte immer wieder Fragen. Es war wunderbar, daß sie ihn fragen konnte, ohne Angst, er würde die Antwort nicht rausbringen.
Es wurde das erste richtige Gespräch zwischen ihnen.
Und plötzlich merkten beide, daß Marion genauso langsam und monoton sprach wie Felix. Sie lachten, und er sagte: »Das – brauchst – du – nicht!«
Beim Abschied fragte er: »Kann – ich – ein – Foto – von – dir – haben?« Marion schien einen Augenblick verlegen. Dann ging ihr Blick zu der Wand über dem Schreibtisch. »Such dir was aus.«
Felix brauchte nicht lange zu suchen. Er hatte schon längst eins ausgeguckt. Umständlich und sehr sorgfältig steckte er

es hinter die Sichtscheibe in seinem Portemonnaie, sah es eine Weile an, als hätte er das Glück gefunden, und rannte aus dem Zimmer, durch den Flur und zur Haustür hinaus.
Sieht aus, als wär ihm das Bild wichtiger als ich! dachte Marion. Hätte mich selbst lieber mal richtig ansehen sollen! Oder in den Arm nehmen – wie damals im Park! Jetzt ist er weg! Für eine Woche! Sie lief hinterher, riß die Haustür auf und rief: »Hoffentlich krieg ich auch eins von dir, nächsten Samstag!«
Ob er es hörte, wußte sie nicht.

8.

In der zweiten Phase der Sprechübungsbehandlung wurden bei jedem Ausatmen schon bis zu vier Worte gesprochen.
»Im Tunnel ist jetzt mehr Luft, und das Röhrchen ist nicht mehr so eng«, schrieb Felix an Marion.
Jeder Tag begann mit Atemübungen in der Gruppe. An einem Morgen kam Felix zu spät. Er hatte verschlafen. Und Theo hatte ihn nicht geweckt. Alle anderen standen schon im Kreis, eine Hand auf dem Magen, ruhig und konzentriert auf das Tonband, auf dem alle Übungen vorgeatmet wurden. Felix stellte sich still an seinen Platz und versuchte einzuschwingen. Heute fiel es ihm schwer. Seine Gedanken waren dauernd bei Theo, der in der Nacht wieder gestottert hatte. Er fixierte ihn aus halbgeschlossenen Lidern. Theo schien ganz bei der Sache zu sein. Aber plötzlich schoß er einen Blick auf Felix und grinste herüber. Felix lächelte schief und schloß die Augen. Trotzdem spürte er, daß Theo weiterfeixte, und kam aus dem Rhythmus. Was sollte das heißen? Theo wurde ihm immer unheimlicher. Er war froh, daß er gleich wieder mit Gerd zusammen im Mathe-Unterricht sein würde.
Aber kaum war das Tonband abgelaufen, stürzte Theo auf ihn zu und sprach ihn an. »Kommst du – heute nachmittag – mit in den Zoo?«

Auf dem Tagesprogramm stand für den Nachmittag »Umwelttraining«. Das heißt: Sie sollten allein oder zu zweit in den Ort gehen und Leute ansprechen, in Geschäften, im Rathaus, auf der Straße oder sonstwo. »Denkt euch aus, was ihr fragen oder erkunden oder erzählen wollt«, hatte Herr Reichert gesagt. »Und fallt nicht aus der Rolle! Ihr wißt, was ich meine: aus dem Sprechmuster!«
Felix wagte nicht, Theo einen Korb zu geben. Und vielleicht war das ja auch eine Gelegenheit, ihn zu fragen, wie er es schaffte, seinen Namen problemlos zu sagen. Außerdem wollte Felix rauskriegen, ob Theo wußte, daß er im Schlaf stotterte. Aber allein zu sein mit Theo – der Gedanke begeisterte Felix überhaupt nicht.
»Sollen wir – Gerd fragen – ob er mitgehen will?«
»Nein, nur zwei!« kam es wie aus der Pistole geschossen. »Wir gehen sofort nach dem Essen. Es ist ziemlich weit.«
Ein paar Augenblicke vergingen, bis Felix begriff, daß Theo das Sprechmuster vergessen hatte. Hoffentlich passiert das heute nachmittag nicht! dachte er.
Aber auf dem Weg zum Zoo hielt Theo sich streng an die Regeln. Und Felix war beruhigt.
Theo sah, wie immer, umwerfend aus: mit seiner Baseball-Kappe, den graugrün gestreiften Bermudas und dem gelben Sweatshirt, auf dem leuchtend rot »University of Alabama« stand.
»Neben Theo bist du immer nur ein Negativ«, hatte Gerd einmal zu Felix gesagt.
Theo war genauso groß wie Felix, wirkte aber viel länger,

weil er spindeldürr war. Wenn man auf seine Füße guckte, glaubte man, er hätte Skateboards untergeschnallt: Größe 47! Und da war noch seine Adidas-Tasche, die er immer bei sich hatte, sogar auf dem Klo. Wenn Theo nicht im Zimmer war, war auch seine Adidas-Tasche nicht da. Was da wohl drin ist, außer dem Walkman? dachte Felix oft.

Im Zoo waren um diese Zeit nur wenig Menschen.

»Wen sollen wir – hier ansprechen?« fragte Felix.

»Die Affen natürlich! Wen denn sonst?« brüllte Theo, ließ die Arme hängen, schob den Unterkiefer vor, ging in die Knie und schaukelte von einem Bein auf das andere. »Mensch, bist du blöd! Wenn ich schon da eingesperrt bin und sprechen soll wie ein Idiot, wie – ein – Idiot!, dann will ich wenigstens hier Spaß haben!«

Felix war entsetzt. »Bist du verrückt!« schrie er zurück. »Da mach ich nicht mit!« Er merkte nicht, daß er in seiner Wut auch aus der Rolle gefallen war. Er merkte auch nicht, daß er nicht gestottert hatte.

Theo lachte höhnisch: »Brav, Bubi, brav! Dafür kriegst du ein …« Das Wort kam nicht, so sehr er sich auch anstrengte. Jetzt findet er auch mal keinen Ersatz! dachte Felix und fühlte blanke Schadenfreude.

Theos Gesicht wurde plötzlich todernst. Seine Augen fuhren hin und her. »Ist ja auch egal!« sagte er leise und drehte sich um.

Felix ging zum Ausgang. »Schade um das Eintrittsgeld!« Aber er wollte nicht länger mit Theo zusammensein. Vielleicht könnte er Gerd irgendwo im Ort treffen und mit ihm das Umwelttraining machen. Allein jemanden anzusprechen – das würde er jetzt nicht wagen. Er war viel zu aufgeregt.

In der Nähe des Sprachzentrums kam Felix an einem Café vorbei, in dem es tolles Eis gab. Wenn Marion jetzt hier gewesen wär! Er blieb stehen, zog sein Portemonnaie, schaute hinein, als wollte er prüfen, wieviel Geld er noch hatte. In Wirklichkeit betrachtete er Marions Foto.
»Kein Geld?« fragte eine monotone Stimme hinter ihm. Es war Gerd. Felix klappte sein Portemonnaie zu, als hätte er Falschgeld drin.
»Komm – ich lad dich ein!« sagte Gerd.
Felix schüttelte den Kopf. »Ich hab noch – genug Geld.«
Sie saßen am Tisch, und jeder dachte: Wer fängt an mit dem Umwelttraining? Die Serviererin kam. Felix gab sich einen Ruck. »Ich hätte gerne – einen Fruchteisbecher.« Ohne eine Miene zu verziehen, wandte sie sich an Gerd. Man kannte hier die Leute aus dem Sprachzentrum. Gerd bestellte drei Riesenkugeln mit Sahne.
Die beiden blieben lange dort sitzen. Sie hatten sich viel zu erzählen. Seit sie nach Muster sprachen, ging es bei Gerd entschieden leichter. Er stieß nicht mehr mit dem Kopf wie ein Leguan. Und Felix zitterte nicht mehr, wenn er ihn reden sah. Und sprach selbst ohne Angst.
Sie kamen gerade noch rechtzeitig zum Abendessen. Theo saß schon am Tisch. Kein einziges Mal schaute er zu Felix hinüber. Seine Augen waren jetzt besonders unruhig. Er

schlang das Essen runter und verschwand nach dem letzten Bissen.
Gerd und Felix saßen noch lange im Fernsehraum. Heute war Fußballübertragung. Es wurde spät. Als Felix in sein Zimmer kam, war Theos Bett leer. Irgendwie sieht es hier anders aus als sonst! dachte er. Aber er war so müde, daß er sich weiter keine Gedanken machte.
Am nächsten Morgen war Theo nicht bei den Atemübungen. Auch später nicht in der Gruppensitzung.
Herr Reichert besprach, wie immer, zuerst die organisatorischen Dinge für den Tag. Dann wurde seine Stimme sehr leise. »Theo ist nicht mehr hier«, sagte er. Lange Pause. »Er hat eine kurze Nachricht hinterlassen, daß er die Therapie abbrechen will. Wir wissen nicht, warum. Hat er mit einem von euch gesprochen? Oder hat jemand eine Ahnung, was der Grund sein könnte?« Er blickte Felix fragend an. Der fühlte wieder den Schlag vor die Kehle und wußte, daß er jetzt nichts rausbringen konnte – auch nicht nach dem Sprechmuster. In seinem Kopf drehten sich die Gedanken. Sollte er etwas sagen von der Situation im Zoo? Hätte er heute nacht melden müssen, daß Theo nicht da war? War es wichtig für Herrn Reichert, zu wissen, daß Theo im Schlaf stotterte?
Alle Blicke waren auf Felix gerichtet. Aber der rührte sich nicht. Er würde ja alles sagen, wenn er nur könnte! Warum starrten sie ihn an, als wäre er Theos Komplize oder schuld an dessen Verschwinden? Plötzlich hatte er das Gefühl, ein Fremder zu sein in der Gruppe. Zum erstenmal.

»Vielleicht ist dir etwas aufgefallen, Felix?« fragte Herr Reichert. Die Blicke der anderen wurden schärfer.
Da sagte Gerd: »Wir waren am Nachmittag – im Café – und gestern abend – noch lange beim Fernsehen – wegen Fußball.«
»Mit Theo?«
»Nein – nur Felix und ich.«
Es blieb wieder lange still. Felix spürte, daß sich nun keiner mehr wohl fühlte. Es war, als ob die Gruppe auseinanderfiele.
»Ich glaube, jeder von uns hat jetzt seine eigenen Gedanken«, sagte Herr Reichert, »und jeder muß mit der neuen Situation fertig werden. Denkt darüber nach, was es bedeutet, daß jetzt einer von uns fehlt.«
»Vielleicht kommt er – ja wieder!« meinte Gerd.
Felix wußte nicht, ob er sich das wünschen sollte, obwohl die Atmosphäre in der Gruppe so bedrückend war.
Herr Reichert schloß die Sitzung früher. Sie gingen auseinander.
Da Felix noch Bücher für den Unterricht brauchte, ging er auf sein Zimmer. Es kam ihm gähnend leer vor. Theo hatte immer viele Sachen in seiner Ecke rumstehen gehabt. Da war jetzt nichts mehr. Wie oft hatte Felix sich gewünscht, Theo wäre nicht hier! Aber jetzt, wo er weg war, fehlte er. Felix starrte auf das leere Bett. Jetzt könnte doch Gerd …, dachte er. Aber im selben Augenblick war ihm klar, daß er sich nicht trauen würde, Herrn Reichert zu fragen. Das müßte Gerd schon selber tun!

Felix drehte sich beim Hinausgehen noch einmal um – so, als ob er sich alles genau einprägen wollte. Da sah er unter seinem Bett einen weißen Fleck. Es war ein Briefumschlag. »Für Felix« stand darauf. Er öffnete, zog einen Zettel heraus und las: »Lieber Felix, es tut mir leid, daß ich dich heute im Zoo so erschreckt habe. Ich halte es nicht mehr aus hier. Man muß den ganzen Tag an das Sprechen denken. Das schaff ich nicht. In meinem Kopf ist ja sowieso nichts anderes! Schade, ich hätte gerne einiges mit dir angestellt. Weißt du eigentlich, daß du manchmal im Schlaf sprichst? Ohne zu stottern! Und manchmal schreist du ›Mama‹. Ist mir auch schon passiert. Früher, in der Jugendherberge. Wer ist eigentlich Marion? Tschüs! Theo.«
Felix mußte sich erst einmal setzen. Theo hatte ihn nachts belauscht! Ach, Unsinn! Er hatte ihn gehört, so wie er Theo gehört hatte. Felix hatte auf einmal das Gefühl, als sei zwischen Theo und ihm manches gelaufen, worüber sie beide nicht gesprochen hatten. Sie wußten mehr voneinander, als jeder vom anderen ahnte.
Trotzdem blieb Theo für Felix immer ein Rätsel. Und den Trick mit dem Namen hat er nie erfahren. Auch nicht, was in der Adidas-Tasche war.

Zum Umwelttraining gehörte auch das Telefonieren.
Felix rief zwei- oder dreimal in der Woche zu Hause an. Nach dem Sprechmuster konnte er jetzt zwar reden, aber meist wußte er nicht, was er sagen sollte.
Von Theo erzählte er nichts. Aber von Gerd. Weil er ihn am

nächsten Wochenende mitbringen wollte. Gerds Familie wohnte so weit entfernt, daß er vorläufig nicht hinfahren konnte. »Er muß immer hierbleiben«, sagte Felix am Telefon.

Die Mutter war einverstanden. Da Birgit nicht zu Hause sei, ginge es sehr gut. »Wir holen euch beide morgen ab«, sagte sie.

Wenn sie jetzt hier wäre, würde ich ihr um den Hals fallen! dachte Felix.

Gerd war begeistert von der Aussicht, das Wochenende mit Felix zu verbringen. »Super!« brüllte er durch das Haus und lachte, wie nur er lachen konnte.

Am Samstag morgen saßen die beiden hinten im Wagen und redeten von hundert Dingen, die den Eltern nichts sagten. Für die war es ganz ungewohnt, Felix so munter mit jemandem sprechen zu hören. Eigentlich hätten sie darüber rundum froh sein müssen, wenn da nicht plötzlich auch ein Gefühl von Fremdheit gewesen wäre.

Gerd fühlte sich vom ersten Augenblick an wohl. Das Essen bei Felix' Mutter fand er spitze. »Der Fraß im Zentrum – hängt mir schon lange – zum Hals raus!«

Der Vater fragte, ob sie am Nachmittag gemeinsam etwas unternehmen sollten. Mit dem Auto vielleicht? Felix fiel siedendheiß ein: Marion! Sie wollten sich vor dem Gloria-Kino treffen und den Film »Der Bär« ansehen. Verflixt! Daran hatte er überhaupt nicht mehr gedacht. Was sollte er nur mit Gerd machen? Er konnte ihn doch nicht allein mit den Eltern losziehen lassen! Nein, das wäre irgendwie unfair! War-

um sollte er nicht mit ins Kino gehen? Marion hätte bestimmt nichts dagegen. Oder doch?
Gerd sah, wie Felix rot wurde. Irgendwas stimmt da nicht! dachte er. Felix holte tief Luft. »Eigentlich wollten wir – ins Kino gehen.«
Davon hat er bis jetzt noch nichts gesagt! dachte Gerd.
»Also morgen?« fragte der Vater.
Felix nickte erleichtert.
Als Marion zwei Leute ankommen sah, staunte sie nicht schlecht. Und Gerd ging ein Licht auf.
Felix wußte, daß er die beiden jetzt miteinander bekannt machen mußte. So etwas hatte er noch nie getan. »Man stellt immer dem Älteren den Jüngeren vor!« hatte er in der Tanzschule gelernt. Aber wie war es mit »Ladies first«? Er gab Marion die Hand. Dann sagte er: »Das ist Gerd – und das ist ...« Verdammt! Es ging nicht. Ruhig bleiben! Er sah, wie Marions Augen groß wurden. Einatmen! Ausatmen und sprechen! Vokale dehnen! »Mahrion«, sagte er, »dahs ihst Mahrion!«
Gerd streckte Marion feierlich die Hand hin, flötete: »Angenehm!« und machte eine Verbeugung, als wollte er sie zum Tanz auffordern. Marion lachte los.
»So ist er immer!« sagte Felix.
Im Kino saß er zwischen den beiden und wandte sich mal nach rechts, mal nach links. Während des Films hätte er schrecklich gerne seine Hand auf Marions Hand gelegt. Aber Gerd würde es vielleicht sehen! Vorsichtig drückte er seinen Arm gegen Marions Schulter und fühlte, daß sie es

gern hatte. Später schob er langsam ein Bein rüber. Marion gab Gegendruck. Felix schielte in Richtung Gerd – und sah, wie der auf die siamesischen Beine starrte und grinste. Schnell zog Felix sich zurück. Warum mußte es auch so hell sein an manchen Stellen im Film! Gerd stieß seinen Ellenbogen in Felix' Seite und flüsterte: »Nur keine Hemmungen!«

Felix prustete vor Lachen.

»Pssst!« kam es von allen Seiten. Felix war sofort still und legte kurzentschlossen seine Hand auf Marions Hand – obwohl er wußte, daß neben ihm jemand unverschämt grinste.

Nach dem Kino gingen sie noch in die Eisdiele.

»Zweimal den Fruchteisbecher?« fragte die Bedienung. Marion und Felix nickten.

»Und du?«

Gerd war noch in die Eiskarte vertieft. »Ich hätte gerne – eine große Portion – gemischt«, sagte er langsam und gedehnt. Das Mädchen guckte ihn verdutzt prüfend an. Gerd lächelte unwiderstehlich. Und sie verschwand hinter der Theke.

Von Gerd kann man wirklich was lernen! dachte Felix. Und als das Mädchen zurückkam und die drei Eisbecher auf den Tisch stellte, gab er sich einen Ruck und sagte: »Das ist mein Freund – er ist heute – zum erstenmal hier.«

Das Mädchen guckte Felix genauso erstaunt an, wie sie vorhin Gerd angesehen hatte. Und Felix versuchte, genauso entwaffnend zu lächeln wie er. Es gelang ihm nicht ganz. Das Mädchen wandte sich Marion zu, als erwartete sie von ihr die nächste Überraschung. Und die kam auch prompt. »Ich zahle alles!« sagte Marion. Den beiden Jungen stand der Mund offen. Sie wußten nicht, daß Marion gestern Geburtstag gehabt hatte und ihre Oma besonders spendabel gewesen war. Vor lauter Verblüffung vergaßen beide zu protestieren.

»Sehen wir uns morgen?« fragte Marion, als Gerd mal eben verschwunden war. Felix kam ins Schwitzen. Es war das erste Mal, daß er nicht konnte, wenn sie sich treffen wollten.

»Meine Eltern öm-öm wollen ...« Er merkte, daß er das Sprechmuster vergessen hatte, und setzte neu an. »Meine Eltern wollen – mit uns nach Frankfurt fahren – und uns anschließend – nach Niederburg bringen.« Er versuchte vergeblich, Marion anzusehen.

Die war plötzlich sehr traurig. Jetzt hat er Gerd! dachte sie und wäre am liebsten weggegangen.

»Nächste Woche komme ich wieder allein«, sagte Felix und schaffte einen kurzen Blick in ihre Augen.

Da kam Marion sich blöd und kleinlich vor.

Die beiden brachten sie nach Hause und redeten viel – in ihrer Sprache, von der sie sich jetzt ganz ausgeschlossen fühlte. In ihrem Magen fing es an zu kribbeln. Eifersucht! dachte sie und gab Gerd die Hand zum Abschied. Der machte wieder seine tadellose Verbeugung und lächelte charmant. »Danke für das Eis!«

Felix sagte nichts. Aber als Marion sich noch einmal umdrehte, schaute er auch zurück und winkte. Das hatte er noch nie getan.

In der Haustür stand Stefan. »Wird ja immer schöner, Schwesterchen! Zwei auf einmal!« Marion ging schnell an ihm vorbei.
Es ist gut, daß Felix Gerd hat! dachte sie. Wenn ich den ganzen Tag so reden müßte …!

In dieser Nacht hatte Felix einen sonderbaren Traum:
Er saß zwischen Marion und Gerd in der vollbesetzten Aula des Sprachzentrums, stand gleichzeitig vorne auf dem Podium und sprach »nahezu stotterfrei«. Der Felix, der hinten saß, hörte dem Felix, der vorne stand, mit zitterndem Herzen zu. Wenn er bloß nicht steckenblieb! Felix vorne redete und redete, erzählte den Leuten Dinge, die er noch nie jemandem gesagt hatte. Felix hinten blieb die Luft weg. Er glaubte zu ersticken. Vorsichtig schob er seinen Arm gegen Marions Schulter und sein Knie gegen ihr Bein. Aber er zuckte erschreckt zurück. Es war gar nicht Marion neben ihm, sondern Bill. Und der lachte, wie nur Gerd lachen konnte. Felix sah in die andere Richtung. Da saß Bip, der Pantomime, und strahlte ihn mit Marions Augen an. In diesem Moment schrie Felix vorne: »Heh! Ihr dahinten! Wenn euch der Film nicht interessiert, dann geht doch woanders hin!«
Felix erwachte, saß im Bett und schüttelte den Kopf. Was für ein Traum! Die Vier! dachte er. Die gehören zusammen und alle zu mir! Er fühlte sich wohl bis in die Zehenspitzen.

9.

Die Gruppe hatte sich längst wieder zusammengeschlossen – zu einem engeren Kreis. Felix hatte das Gefühl, daß die anderen nicht mehr an Theo dachten. Keiner sprach von ihm. Aber er wurde täglich an ihn erinnert: durch das leere Bett in seinem Zimmer. Er wünschte sich nicht mehr, Gerd wäre bei ihm, seit er wußte, daß er auch hier im Schlaf sprach und sogar »Mama« rief. Gerd und er waren tagsüber oft zusammen. Und so war es schön. Vor allem, weil sie viel miteinander redeten. Manchmal dachte Felix: Gerd weiß mehr von mir als Marion! Dann war ihm nicht besonders wohl.
Sie sprachen immer streng nach den Regeln. Bei Gerd bestand überhaupt keine Gefahr, daß er »aus der Rolle fiel«. Felix spürte, wie intensiv er an sich arbeitete. Und das gab ihm immer wieder Mut, selber konsequent durchzuhalten. Sie waren jetzt in Stufe drei der Sprechbehandlung. Bis zu sieben Wörter durften bei jedem Atemstrom fließen. Das war viel im Vergleich zum Anfang. Alle fühlten sich besser.
»Unser Tunnel ist entschieden weiter geworden«, schrieb Felix an Marion, »und unser Sprechen klingt nicht mehr so eintönig. Du wirst es ja Samstag hören!«
In jeder Woche gab es eine gemeinsame Freizeitveranstaltung für die Gruppe. Diesmal stand ein Museumsbesuch an. Felix war nicht begeistert. Er haßte diese Gruppenausflüge.

Jeden einzelnen aus der Gruppe mochte er gern, und im Sprachzentrum fühlte er sich auch wohl mit allen zusammen, aber überall, wo Fremde waren und aufmerksam wurden, wenn einer von ihnen sprach, da hätte er fliehen mögen. Gerd war auch nicht hingerissen. Er wäre viel lieber in den Zirkus gegangen, wie es zunächst geplant gewesen war. Er hatte sich schon sehr darauf gefreut. Zirkus war für ihn das Größte!

Das Museum war erst vor kurzem eröffnet worden, also supermodern: mit großen, hellen Sälen, mit Video-Raum, Cafeteria und Dachgarten. Die Kunstwerke hingen nicht nur an den Wänden, sie lagen auch auf dem Boden oder baumelten von der Decke, denn es waren nicht nur Bilder, sondern auch bewegliche Objekte, mit Licht und Schatten- und Farbenspiel. Da sahen sich die Augen müde. Zuviel für einen Nachmittag!

Gerd und Felix hielten sich meist in ziemlichem Abstand von den anderen. Aber da war Andreas, der sie immer wieder aufspürte und zur Gruppe zurücktrieb. Er war der älteste in der Gruppe und hatte den Museumsbesuch vorgeschlagen. Und es war das erste Mal, daß ein Wunsch erfüllt wurde, den er ausgesprochen hatte. Bisher war er immer nur zähneknirschend mitgegangen: zum Badminton, zum Grillen, auf den Fußballplatz, die Kirmes und so weiter. Jetzt legte er großen Wert darauf, daß alle – auch Felix und Gerd – den Museumsbesuch ernst nahmen.

Wie ein Herdenhund jagt er uns! dachte Felix.

Andreas wollte den andern alles genau erklären. Er kannte

sich aus, war schon ein paarmal hier gewesen und studierte Kunstgeschichte. Warum redete er nur so laut! Andere Besucher blieben stehen, horchten erstaunt, gafften die Gruppe an. Andreas hielt sich konsequent an das Sprechmuster. Plötzlich ging Felix ein Licht auf: »Der will hier trainieren, in seiner Umwelt!«

»Komm, wir hauen ab!« flüsterte Gerd.

Felix erschrak. Sein Traum von der letzten Nacht fiel ihm ein. Da war er auch abgehauen, aber nicht mit Gerd, sondern mit Theo; und nicht aus einem Museum, sondern aus dem roten Haus, in das ihn seine Mutter gebracht hatte, als er noch sehr klein war.

Gerd starrte Felix an. »Was hast du denn?«

»Ich weiß nicht. Die Luft ...«

»Wir gehen auf den Dachgarten. Der soll das Beste sein vom ganzen Museum. Ich sag den anderen – dir wär schlecht.«

Felix nickte. Er wollte jetzt nur raus hier.

Da oben war es märchenhaft.

Überall auf dem Rasen standen große, knallbunte Phantasiefiguren. Eine dicke, kugelrunde Frau drehte sich auf einem Riesenei, und buntgeringelte Schlangen mit goldenen Köpfen spuckten in weitem Bogen Wasser in ein meerblaues Becken. Da gab es Stühle, in Form sitzender Menschen, und Tische, gedeckt mit Kaffee und Kuchen aus Pappmaché. Gerd und Felix machten es sich sofort bequem.

Neben ihrem Tisch stand auf grünen Beinen ein schwarzweiß gestreifter Elefant und schwang seinen roten Rüssel

zum Himmel. Ein poppig bemalter Mann saß mit seinem blauen Hund auf einer Bananenbank und las die Zeitung auf dem Kopf.
Hier war Gerd in seinem Element. Er stellte sich neben jede Figur und imitierte deren Haltung und Ausdruck. Schade, daß sie keinen Fotoapparat dabeihatten! Felix hätte das alles gerne für Marion festgehalten.
Es dauerte lange, bis die anderen oben ankamen. Gerd und Felix machten sich sofort aus dem Staub. Es war sowieso bald Zeit für die Heimfahrt.
»Wir kommen noch mal her«, sagte Gerd, »mit Fotokiste!«
Beim Abendessen setzte Andreas sich auf den Stuhl neben Felix, der für Gerd sein sollte. »Geht es dir wieder besser?« fragte er. Felix nickte. Nur nicht rot werden jetzt! Andreas blieb am Ball, fragte und fragte.
Er hat wirklich seinen Redetag heute! dachte Felix. Wenn Gerd doch endlich käme!
Aber der erschien nicht.
Sofort nach dem Essen stieg Felix in die zweite Etage, klopfte an Gerds Zimmertür. Keine Antwort. Er öffnete vorsichtig. »Gerd?« Keine Antwort. Er tat einen Schritt ins Zimmer. Da sah er Gerd auf der Bettkante sitzen, die Hände vor das Gesicht geschlagen. Er weinte leise. Felix blieb an der Tür stehen. Es dauerte lange, bis er Luft hatte. »Was ist?«
»Mein Opa …« Gerd quälte sich schrecklich.
»Mein Opa ist …« Das Wort blieb in seinem Hals stecken.
»Mein Opa ist tot.«
Felix schloß die Tür von innen. Er wußte, daß Gerd seinen

Opa unheimlich gern hatte. Daß er oft bei ihm war und am liebsten immer dageblieben wäre.
Der Opa lebte allein, seit vielen Jahren. Gerd hatte keine Erinnerung an seine Oma. Beim Opa hatte er kaum Schwierigkeiten zu sprechen. Bei ihm brauchte er auch gar nicht viel zu sagen. Sie verstanden sich ohne Worte und lachten viel miteinander.
Zu Hause war es ganz anders. Gerds Eltern waren geschieden. Er lebte bei seiner Mutter. Den Vater sah er ein- oder zweimal im Jahr und war immer froh, wenn es vorbei war. In seiner Nähe kriegte er kein Wort raus. Die beiden Brüder waren viel älter als Gerd und schon lange nicht mehr zu Hause. »Meine Mutter«, hatte Gerd einmal zu Felix gesagt, »jammert hinter allen her – die sie verloren hat – und vergißt, daß ich – noch da bin. – Nur mein Opa – hat mich wirklich gerne.«
Jetzt war der Opa tot.
Felix wußte nicht, was er sagen sollte, und nicht, was tun. Am liebsten hätte er mit Gerd geheult, sich neben ihn auf die Bettkante gesetzt und geweint, wie er. Aber er blieb stehen und hatte das Gefühl, als stünde die Zeit auch still.
»Ich muß morgen hinfahren«, sagte Gerd nach einer Ewigkeit. Seine Stimme war tief und traurig.
In diesem Augenblick kam sein Zimmergenosse herein. Felix wußte, daß er jetzt gehen mußte. »Soll ich dich zum Bahnhof bringen?« fragte er noch. Gerd schüttelte den Kopf.

10.

Manche Tage zogen sich wie Gummi. Dann durfte Felix gar nicht daran denken, wieviel Zeit er noch vor sich hatte. Vier Monate sind verflixt lang! Wenn Gerd bloß wieder dagewesen wär!

Felix mußte unbedingt mit jemandem sprechen. Aber nicht mit irgendeinem. Er ging zu Herrn Reichert und zeigte ihm den Brief von Theo. Was da drinstand von seinem Sprechen im Schlaf und daß er manchmal »Mama« rief und Marions Namen sagte, das hätte er am liebsten gelöscht. Aber Herr Reichert wußte schon soviel von ihm ... Felix fragte ihn, ob er meinte, Theo käme zurück.

»Ich glaube nicht«, sagte Herr Reichert. Sie sprachen lange über den Satz: »Ich halte es nicht mehr aus hier.« Felix vertraute Herrn Reichert an, daß er wahnsinnige Angst davor hatte, es nicht zu schaffen, »fast stotterfrei« zu sprechen. Das Hierseinmüssen wär nicht so schlimm. Im Gegenteil: Meist fühlte er sich richtig wohl. Aber nachher?

»Dann hängt alles von dir selber ab!« sagte Herr Reichert. »Von deiner Umgebung natürlich auch, aber am allermeisten von dir!« Felix war, als hätte man ihm zwei Riesenkoffer auf die Schultern geladen.

Nach diesem Gespräch wollte er nicht im Haus bleiben, sondern irgendwas unternehmen. Da Gerd nicht da war, fuhr er allein mit dem Zug in die nächste Stadt. Ein Bummel wär jetzt gut! Auf der Hauptstraße war Hochbetrieb. Felix ließ sich schieben und fühlte sich wohl zwischen all den unbekannten Menschen. Ein Bad in der Menge! dachte er. Er hatte sich nie etwas darunter vorstellen können. Hier ahnte er, wie es war.

Eigentlich hatte er ja in Kaufhäuser gehen wollen. Aber dazu fehlte ihm jetzt die Lust. So ließ er sich eine Weile treiben. Dann ging er zurück zum Bahnhof. Kurz vor dem Eingang sprach ihn einer an. Unauffälliger Typ. »Brauchst du was?«

Felix ging weiter. Der Mann blieb neben ihm.

»Unter Preis!«

Felix lief schneller. Der Mann auch. Es sah aus, als gehörten sie zusammen. Ob er wirklich nichts brauchte? Felix schüttelte den Kopf. Ob er stumm wäre? Felix rannte. Der Mann hielt ihn am Ärmel fest. »He, langsam! Ich seh doch, was mit dir los ist. Kannst mir doch nichts vormachen! Komm unauffällig hinter mir her. Es lohnt sich, sag ich dir!«

Im selben Moment standen zwei Polizisten neben ihnen.

»Moment, ganz ruhig bleiben!«

Der eine faßte den Mann und zog ihn weg. Der andere umklammerte Felix' Handgelenk mit eisernem Griff. Felix kriegte kein Wort raus.

»Du kommst mal mit!« sagte der Polizist leise. Er brachte Felix auf die Wache am Bahnhof und übergab ihn dort zwei anderen Polizisten, nachdem er flüsternd mit ihnen gesprochen hatte.

»Ausziehen!« sagte einer von der Wache.
Felix verstand nicht, was er wollte.
»Komm, Junge, krempel die Ärmel hoch und laß die Hose runter!«
Felix war weiß wie die Wand. Der Polizist untersuchte ihn.
»Da ist nichts zu sehen«, sagte er zu seinem Kollegen.
Jetzt wollten sie Felix' Personalien. Verflixt! Er hatte seinen Ausweis nicht bei sich. Welche Adresse sollte er angeben?
»Also, los, wo wohnst du?«
Felix zitterte am ganzen Körper.
»Deine Adresse wirst du ja wohl wissen!«
»Ich bin zur Zeit – nicht zu Hause«, sagte Felix sehr langsam und mit großer Anstrengung. Die beiden tauschten vielsagende Blicke.
»Ich – bin – in – Niederburg – im – Sprachzentrum.«
»Läßt sich leicht feststellen!« sagte der eine und griff zum Telefonbuch. »Wie heißt das genau?«
»Zentrum – für Sprachgestörte.«
»In Niederburg, sagst du?«
Felix nickte.
Der Polizist verschwand im Nebenzimmer. »Setz dich doch!« sagte der andere.
Der erste kam schnell zurück. »Alles in Ordnung! Du kannst gehen!«
Felix stand mühsam auf. Ihm war schwindlig.
»Willst du was trinken?« Ohne die Antwort abzuwarten, holte der Polizist eine Flasche Sprudel und ein Glas aus dem Schrank und goß ein. Felix hatte sich wieder gesetzt. Die bei-

den Polizisten setzten sich ebenfalls. Er spürte, daß sie was sagen wollten.
»Du mußt das verstehen. Hier im Bahnhof passiert allerhand!«
»Der Typ, der dich angequatscht hat, ist einer, den wir schon lange im Visier haben.«
»Einer, dem man nie was beweisen kann.«
»Ist immer wieder weg, wie eine Ratte!«
Felix hatte schreckliche Kopfschmerzen. Wenn er nur schon zu Hause wär und in seinem Bett läge! Zu Hause? Er stand auf. »Danke – für das Wasser!«
Die Polizisten lachten verlegen. Felix hörte noch, wie einer von ihnen sagte: »Verdammt! Man erwischt immer die Falschen!«
Felix kam natürlich viel zu spät zum Abendessen.
Vor dem Haus ging jemand auf und ab. Es war Gerd.
»M-mensch, i-i-ich da-dachte sch-schon …!«
»Nicht aus – der Rolle fallen!« sagte Felix.
»Ich dachte schon – du wärst auch – abgehauen – wie Theo! – Ich hab vielleicht – einen Schrecken gekriegt – als du nicht – beim Essen warst!«
Felix faßte ihn um die Schulter. Sie gingen ins Haus. Und redeten lange miteinander.

11.

Freitag abend bekam Marions Mutter einen Anruf von ihrer Schwester, die in Heidelberg im Krankenhaus lag. Es ging ihr nicht gut, und sie bat Marions Mutter, sie zu besuchen – mit Marion, denn Marion war ihr Patenkind, und die beiden mochten sich sehr. Das würde sie wieder auf die Beine bringen, sagte die Tante.

»Wir fahren gleich morgen hin!« entschied Marions Mutter.

Marion dachte an Felix. Sie wollten sich um drei Uhr treffen, mit Rädern. Wie konnte sie ihn benachrichtigen? Im Therapiezentrum anrufen? Das würde sie nie wagen. Ihre Freundin Annette bitten, morgen zu dem Treffpunkt zu gehen? Oder Robert, mit dem Felix sich seit einiger Zeit so gut verstand? Am einfachsten wäre es natürlich, seine Eltern anzurufen. Dann würde er es schon morgen früh erfahren, wenn sie ihn abholten. Warum eigentlich nicht? Marion war plötzlich ganz aufgeregt. Vielleicht hatte Felix ihnen schon von ihr erzählt? Ziemlich unwahrscheinlich! Die Nummer hatte sie im Kopf. Also, los!

Es meldete sich der Vater. »Hallo!«

»Hier ist Marion Wittmann.«

Pause.

»Ich bin in Felix' Klasse.«

»Ja.«

»Wir wollen uns morgen treffen. Morgen nachmittag um drei.«
»Die ganze Klasse?«
»Nein, nur Felix und ich.«
»Ach so.«
»Ich kann aber nicht. Ich muß mit meiner Mutter weg. Zu meiner Tante nach Heidelberg ins Krankenhaus.«
»Soll ich Felix das bestellen?«
»Ja, bitte.«
»Soll ich sonst noch was sagen?«
»Nein, eigentlich nicht.«
»Ja, dann ...«
»Oder doch! Wir könnten uns Sonntag treffen.«
»Auch um drei?«
»Ja.«
»Werd ich ihm sagen.«
»Danke.«
»Vielleicht sehen wir uns mal?«
»Ja. Vielen Dank. Tschüs.«
Marions Hände zitterten leicht, als sie den Hörer auflegte. Felix hat fast die gleiche Stimme wie sein Vater, dachte sie. So würde es sich also anhören, wenn er richtig sprechen könnte!

Felix saß am nächsten Morgen im Auto und freute sich auf den Nachmittag mit Marion.
»Übrigens«, sagte der Vater mit leicht gedrehtem Kopf, »Marion Wittmann hat gestern angerufen. Sie kann heute nicht.«

Felix glaubte, nicht richtig gehört zu haben. Marion? Bei seinen Eltern?
»Ihr könntet euch morgen treffen.«
In seiner Verwirrung fiel Felix nichts anderes ein als die Frage: »Warum denn nicht?«
»Sie hat was von einer kranken Tante in Heidelberg gesagt.«
Ärger und Enttäuschung stiegen in Felix hoch. Der Nachmittag lag jetzt wie ein schwarzes Tuch vor ihm. Vor allem: Sein Geheimnis war geplatzt. Am liebsten wäre er umgekehrt.
»Trefft ihr euch öfter?« hörte er die Mutter vor sich.
Er antwortete nicht.
»Kannst sie ja mal mitbringen, wenn du willst.«
Sie soll sich bloß da raushalten! dachte Felix.
»Morgen um dieselbe Zeit«, sagte der Vater.
Felix rutschte tiefer in seinen Sitz. Hätte er doch bloß Gerd mitgenommen! Vielleicht konnte er zu Herrn Büscher gehen? Aber er hatte ihm noch nicht geschrieben! Oder zu Robert? Den ganzen Nachmittag zu Hause – das würde er nicht aushalten!
»Birgit ist heute da«, sagte der Vater.
Felix atmete auf.
Nach dem Essen fragte sie ihn: »Wie wär's? Sollen wir mal wieder schwimmen gehen? Oder hast du was Besseres vor?«
»Ja und nein«, sagte er langsam.
Birgit lachte. »Was soll denn das heißen?«
»Du hast doch – zwei Fragen gestellt!«
Im Schwimmbad war viel los. Felix schwamm besonders

gern auf dem Rücken, vor allem als »toter Mann«. Aber daran war heute nicht zu denken. Man mußte schon sehr lebendig sein, um sich hier über Wasser zu halten.
»Felix!« schallte es plötzlich vom Sprungbrett herunter. Drei Sekunden später plumpste jemand neben ihm ins Wasser; und wieder drei Sekunden später tauchte Roberts Kopf auf.
»Mensch, Felix, wo kommst du denn her?«
Ausgerechnet hier! dachte Felix. Wie soll ich denn hier nach Muster sprechen? In allen Situationen, hat Herr Reichert gesagt. Montag werd ich ihn fragen, ob er auch an das Schwimmbad gedacht hat! Ohne ein Wort zu erwidern, kraulte er zum Beckenrand, stemmte sich raus und setzte sich auf die Fliesenbank an der Wand.
Was ist denn mit dem los? dachte Robert. Da sah er Felix winken und war im Nu neben ihm.
»Ich muß dir – was erklären!« sagte Felix.
Robert starrte auf Felix' Mund, als kämen Kröten heraus.
»Wir sprechen eine – Kunstsprache – in der Therapie«, fuhr Felix fort, monoton und mit langgezogenen Vokalen. Er mußte ziemlich laut sprechen. Aber Gott sei Dank war keiner in der Nähe.
Robert saß regungslos da und sagte nichts.
Er redet doch sonst ohne Pause! dachte Felix.
Aber Robert hatte es die Sprache verschlagen. Und es dauerte eine ganze Weile, bis er sie wieder hatte. Dann brüllte er: »Hauptsache, du kannst reden!« und gab Felix einen Stoß, daß er von der Bank kippte. Robert, die halbe Portion, die jeder wegpusten konnte! Felix ließ sich wieder in das Bek-

ken fallen und schwamm los. Robert hinterher. Ihre Köpfe wippten irgendwo zwischen den vielen anderen auf dem Wasser.
Der Maulbrüter! dachte Felix. Gleich gehen wir Pizza essen. Ich lade ihn ein!

Am Sonntag holte Felix Marion zu Hause ab. Er hatte eine Überraschung für sie: sein Foto. In Niederburg am Bahnhof hatte er sich von einem Automaten dreimal blitzen lassen. Zwei Bilder sahen aus wie aus einer Schwerverbrecherkartei. Auf dem dritten konnte man Felix schwach erkennen. Egal! Marion sollte sehen, daß er daran gedacht hatte.
Sie gingen in den Park, und Felix drängte auf eine Bank. Kaum saßen sie, zog er die Starfotos aus der Tasche. »Such dir eins aus!«
Marion bog sich vor Lachen. »Wer soll denn das sein?«
»Ich! Sieht man doch! Oder?« Felix dachte an Bill und Bip und Gerd und versuchte eine komische Grimasse.
»Mit so einem würde ich mich nicht mal im Dunkeln zeigen!« sagte Marion. Und sie lachten um die Wette.
Plötzlich standen Felix' Eltern vor ihnen, wie aus dem Boden gewachsen. »So ein Zufall!« sagte die Mutter.
Das Lachen verstummte. In Felix' Kopf wirbelten die Gedanken.
»Das ist sicher Marion«, sagte der Vater. »Wir kennen uns ja schon vom Telefon.«
Marion stand auf und gab ihnen die Hand.
»Wollt ihr uns nicht mitlachen lassen?« fragte die Mutter.

Marion hielt die Fotos fest und guckte Felix an. Der saß da mit hochrotem Kopf. Erst verderben sie einem den Spaß, und dann wollen sie mitlachen! dachte er. Von wegen Zufall! Das glauben sie ja wohl selber nicht!
Aber dann sah er seine Eltern da stehen, als wüßten sie nicht, was sie sagen sollten. Und da fühlte er sich ihnen auf einmal ganz nah. Er nahm Marion die Fotos aus der Hand und gab sie seiner Mutter.
Das war ja Felix, der sich immer wehrte, wenn er fotografiert werden sollte! Die Mutter war sprachlos.
»Wo hast du die denn machen lassen?« fragte der Vater.
Felix erzählte von dem Automaten im Bahnhof in Niederburg. Er sprach sehr langsam und ruhig. Marion ertappte sich dabei, wie sie zählte, ob es immer nur sieben Worte mit einem Atemstoß waren.
»Heute abend geb ich dir das Geld für einen vernünftigen Fotografen!« sagte der Vater. »Erinner mich daran.«
Felix lachte. »Keine schlechte Idee!«
»Dann wollen wir mal wieder!« sagte die Mutter. Sie gaben Marion die Hand und nickten Felix zu. »Bis nachher!«
»Deine Eltern sind prima«, meinte Marion. Und Felix fand das in diesem Augenblick auch. »Aber sag mal, war das wirklich Zufall, oder hast du …« Marion sprach die Frage nicht zu Ende, denn Felix guckte so entsetzt, daß sie sie sofort bedauerte. »Schon gut«, sagte sie, »war nicht so gemeint! Ich freu mich, daß ich sie jetzt kenne. Vielleicht besuch ich sie mal, wenn du nicht da bist.«
Felix schwieg. Seine Gedanken waren plötzlich bei Gerd

und seinem Opa. Er hätte Marion gern von ihnen erzählt, aber er wußte nicht, wie er anfangen sollte. Vielleicht ging es besser im Gehen! Behutsam nahm er ihre Hand und stand auf. Und so spazierten sie lange durch den Park. Und Marion erfuhr von einem Opa, der immer da war, wenn man ihn brauchte.

Der einen ohne Worte verstand.

Mit dem man lachen konnte und angeln gehen.

Der jetzt nicht mehr da war.

Um den man weinen mußte.

»Bring Gerd doch mal wieder mit!« sagte sie beim Abschied.

12.

Das Ende der Therapiezeit rückte näher.
Auch das Licht am Ende des Tunnels?
Sie waren wieder ein Stück weitergekommen, zählten die Worte nicht mehr, sondern ließen sie fließen, solange der Atem reichte und wie es sinnvoll war. Die anderen Regeln mußten noch streng beachtet werden: weicher Einsatz der Wörter und Dehnung der Vokale. Nur so kamen sie nicht wieder in die Gefahr zu »vermeiden«.
Felix konnte sich nicht vorstellen, daß er einmal ganz ohne diese Krücken gehen würde. Noch hatte er Angst vor dem Stolpern, vor dem Fallen. Und er hatte Angst, daß diese Angst ihn nie verlassen würde. Das war das Schlimmste.
Wenn Herr Reichert von der Schlußveranstaltung mit den Eltern, Freunden und Bekannten sprach, fing Felix' Herz an zu rasen. Jeder sollte einen kleinen Vortrag halten. Felix dachte an sein Referat in der Schule. Da war Marion bei ihm gewesen. Hier würde keiner sein, der für ihn sprach. Er würde da oben stehen, und seine Eltern würden unten sitzen, zwischen vielen Leuten im Saal. Aber Gerd war da und mußte es auch leisten, obwohl der Opa zu Hause nicht mehr auf ihn wartete. Und Herr Reichert war da. Und die anderen. Nur Theo nicht. Der hatte es nicht ausgehalten im Tunnel! Wenn Felix sich an Theo erinnerte, hatte er immer ein flaues

Gefühl im Magen – wie Hunger. Genauso war es, wenn er an Gerds Opa dachte. Den hatte er nie gesehen; und trotzdem fehlte er ihm.

Felix hatte von seinen Großeltern nur die Mutter seiner Mutter gekannt. Und die war auch schon einige Jahre tot.

Die Schlußveranstaltung sollte eine Woche vor der Entlassung stattfinden. Jeder durfte das Thema für seinen Vortrag frei wählen. Aber es mußte mit der Therapie zu tun haben. Felix fiel nichts ein.

Da kam eines Tages ein großes Couvert mit Roberts Absender. Der schickte im Auftrag von Frau Löser die Schülerzeitung, in der ein Abschnitt aus Felix' Referat abgedruckt war. Natürlich lag auch ein Brief von Robert dabei mit den neuesten Nachrichten aus der Schule. Mensch, konnte der schreiben! Lauter kleine Geschichten zum Totlachen. Felix las sie alle dreimal. Er mußte sie unbedingt Gerd geben. Der konnte jetzt was Lustiges gebrauchen. Seit dem Tod seines Opas war er so traurig! Felix hatte das Gefühl, daß er sich jetzt noch mehr mühte, gut zu sprechen. Noch mehr als vorher. Ob er auch Angst vor der Veranstaltung hatte? Felix wagte nicht, ihn danach zu fragen.

Für die Schülerzeitung hatten die Redakteure einen kleinen Text aus Felix' Referat ausgewählt, in dem ein Kind erzählte, wie es die sogenannte Kristallnacht erlebt hatte. Felix hörte im Geist Marions Stimme beim Lesen vor der Klasse. Da kam ihm eine tolle Idee. Er würde diesen Text bei der Schlußveranstaltung lesen – selber lesen! Und die Geschichte dazu erzählen: von seiner wahnsinnigen Angst vor dem

Vorlesen. Und wie er sich nicht getraut hatte und jemand anderes sein Referat gehalten hatte. Er brauchte ja nicht zu sagen, wer es war!
Felix rannte sofort zu Gerd und erzählte ihm von seinem Plan. Der fand ihn prima.
»Und was machst du?« fragte Felix.
»Ich erzähle von unserem Besuch im Museum – ich meine: auf dem Dachgarten.«
»Sag aber nicht – daß wir uns von der Truppe – entfernt haben!«
»Keine Angst!«
Felix dachte daran, wie ausgelassen Gerd da oben rumgesprungen war. Seitdem hatte er ihn nie mehr so froh gesehen. Plötzlich wurde Gerds Miene sehr ernst. »Ich nehm doch lieber was anderes!« sagte er. »Weiß noch nicht, was.«
Felix ahnte, warum: Der Tag, an dem sie im Museum waren, war auch der Todestag von Gerds Opa.

»Ladet so viele Leute ein wie möglich!« sagte Herr Reichert. »Von zu Hause, aus der Schule, von der Arbeit, Freunde und Freundinnen. Je mehr, desto besser!«
Felix dachte an alle, die in Frage kamen. Seine Eltern natürlich. Birgit vielleicht. Und aus der Schule? Herr Büscher? Bestimmt interessierte es ihn, was hier passierte. Aber ob er Zeit hatte?
»Wen wirst du einladen?« fragte Herr Reichert.
»Meine Eltern. Meine Schwester.«
»Und aus der Schule?«

»Ich weiß nicht. Den Direktor?«
»Ja. Ruf ihn doch an.«
»Ich schreib lieber.«
»Es wäre aber gut, wenn du anrufen würdest. Du kannst es doch.«
Felix schwieg. Er spürte, wie sein Hals sich verkrampfte.
»Versuch es!« sagte Herr Reichert.
Felix nickte.
»Hast du Freunde? Eine Freundin?«
Alle feixten rüber.
»Ja. Vielleicht.«
»Sieh mal zu. Wir haben viel Platz im großen Saal.«
Es dauerte ein paar Tage, bis Felix den Mut fand, Herrn Büscher anzurufen. Einmal hatte er ihm geschrieben und von der Therapie erzählt. Er würde sich also nicht über die Kunstsprache wundern! Felix wählte die Nummer und wartete mit klopfendem Herzen. Gott sei Dank meldete sich der Direktor selbst. Jetzt kam der kritische Moment. Felix atmete tief durch. Dann ließ er die Worte im Luftstrom langsam fließen – wie Fische in einer sanften Strömung. »Hier ist Felix.«
»Hallo, Felix!« klang es vom anderen Ende. Felix hörte Freude in der Stimme, und das Sprechen wurde leicht.
»Ich komme bestimmt«, sagte Herr Büscher. »Es ist ja ein Sonntag. Und ich werde fragen, ob noch jemand vom Kollegium interessiert ist. Wenn du willst!«
Felix spürte ein leichtes Ziehen in der Magengrube. Noch andere Lehrer? Aber er dachte an Herrn Reicherts Worte:

»Je mehr, desto besser!«, und sagte: »Wir haben viel Platz hier im Saal.«
Mit dem Direktor war also alles klar.
Aber Marion! Sollte er sie bitten zu kommen – oder nicht? Da waren zwei Stimmen in ihm. Und jede gehörte zu einem anderen Gefühl. »Natürlich«, sagte die eine, »gerade Marion! An erster Stelle Marion!« Die andere bremste: »Lieber nicht! Vielleicht findet sie alles furchtbar hier!«
Felix hörte auf die zweite.

Der Tag war da, der Saal voll bis auf den letzten Platz.
Felix saß mit den anderen Patienten seitlich auf Klappstühlen. Sein Vortrag steckte in der Jackentasche. Er sah nicht ins Publikum, redete mit Gerd und versuchte, nicht an seinen »Auftritt« zu denken. Mit seinen Eltern hatte er vorhin gesprochen, Herrn Büscher aber noch nicht gesehen. Vielleicht konnte er doch nicht kommen!
Jetzt stieg Herr Reichert aufs Podium, begrüßte die Gäste und sagte ihnen, was auf dem Programm stand. Zuerst die Vorträge. Danach würde es eine Pause geben und hinterher Information und Diskussion.
Dorothée fing an. Sie sprach sehr langsam, aber fließend und fast melodisch. Erzählte von ihren Schwierigkeiten in der Schule und von ihren Plänen nach der Therapie. Daß sie den Abschluß mit dem zehnten Schuljahr schaffen und Modezeichnerin werden wollte. Zum Schluß brachte sie ein sehr schönes Bild: Sie verglich die Kunstsprache, die sie hier gelernt hatte, mit einer kleinen Insel, die man jederzeit verlas-

sen und auf die man immer wieder zurückkehren könnte, um sich auszuruhen und Luft zu holen.
Gerd ging als zweiter nach oben. Sein Vortrag über seine Erfahrungen beim Umwelttraining war kurz. Felix spürte, wie er sich anstrengen mußte, um ruhig zu bleiben und nicht zu stottern. Keiner von seinen Verwandten und Freunden war gekommen. Während er sprach, sah er nur Felix an. Der war nach ihm an der Reihe.
»Schaut euch ruhig erst einmal um, bevor ihr anfangt zu sprechen!« hatte Herr Reichert gesagt.
Felix ließ seine Blicke wandern, über die Köpfe, die sich vor ihm reihten, wie auf Schnüre gezogen. Da sah er seine Eltern mit Birgit und hinter ihnen Herrn Büscher. Der Blick ging weiter, kehrte zurück, blieb neben dem Direktor hängen. Da war noch ein bekanntes Gesicht: Frau Löser. Tatsächlich! Heimlich hatte er sich gewünscht, sie würde kommen.
Jetzt zog er schnell die Zettel aus der Tasche. Er hatte alles aufgeschrieben, Wort für Wort. Aber er wollte trotzdem frei sprechen und nur den Text aus seinem Referat ablesen. Das Papier in seiner Hand zitterte leise. Ruhig bleiben! Es geht! Ich kann! Langsam fing er an. »Ich will über ein Referat sprechen, das ich nicht gehalten habe. Weil ich Angst hatte. Vor dem Stottern.« Und dann kam alles ganz ruhig und ohne Krampf. Felix hatte das Gefühl zu schwimmen – wie die Worte aus seinem Mund: leicht und sicher. Je weiter er kam, desto besser ging es. Nur ganz am Schluß, als ihm bewußt wurde, daß er es fast geschafft hatte, überfiel ihn plötzlich Angst. Er brach mitten im Satz ab, atmete tief, fing den

Satz neu an – und brachte ihn zu Ende. Schweiß stand auf seiner Stirn. Aber er war glücklich.
Die Veranstaltung dauerte mehrere Stunden. In der Kaffeepause begrüßte Felix Herrn Büscher und Frau Löser.
»Danke nochmals für die Einladung!« sagte Herr Büscher und klopfte Felix auf die Schulter. »Ich bin froh, daß ich gekommen bin.« Und Frau Löser sagte: »Ich hab mich besonders über dein Thema gefreut – und wie du es gebracht hast. Prima! Schöne Grüße auch von der Neun. Die freuen sich alle, wenn du wieder da bist.«
Gegen Abend fuhren die Besucher zurück. Felix' Vater kurbelte nach dem Starten schnell noch mal das Fenster runter. »Wir hatten gestern Überraschungsbesuch. Rate mal, von wem?«
»Keine Ahnung!«
»Denk mal scharf nach!« rief der Vater und gab Gas.
Felix stand da wie jemand, der sich verlaufen hat.
»Überraschungsbesuch! Was soll das?« Da fielen ihm Marions Worte ein: »Vielleicht besuch ich sie mal, wenn du nicht da bist.« Das konnte doch nicht wahr sein! Vor lauter Verwunderung wußte er nicht, ob er sich darüber freute oder ärgerte.
Vor dem Schlafengehen spazierten Gerd und Felix durch den Park. Sie hatten jetzt noch eine gemeinsame Woche, genauer gesagt: fünf Tage. Und dann? dachten beide.
»Warum war Marion eigentlich nicht hier?« fragte Gerd plötzlich.
Felix schoß das Blut in den Kopf. Warum? Das fragte er sich

ja auch schon seit Stunden. Und konnte es selbst nicht verstehen. Ausgerechnet Marion! Er war sicher: Sie hätte bestimmt alles toll gefunden. Jetzt war es zu spät. Aber in einer Woche würde er sie ja sehen. Und dann sollte sie alles haarklein erfahren.

»Ich weiß auch nicht«, antwortete er.

»Hast du sie denn nicht eingeladen?«

»Nein.«

»Was? Nicht eingeladen? Und warum nicht, wenn man fragen darf?«

»Weil – weil ich blöd bin!«

Gerd lachte plötzlich wieder sein altes Lachen. »Stimmt genau! Bestell ihr schöne Grüße von mir und sag, du wärst ein Rindvieh.«

»Komm uns mal besuchen!« sagte Felix leise.

»Mach ich.«

»Versprochen?«

»Versprochen!«

Am Morgen des Abschiedstages standen Felix und Gerd vor dem Haus und warteten darauf, abgeholt zu werden. Gerd hatte sein Gepäck neben sich aufgebaut, denn im Brief seines Bruders war deutlich vermerkt, er sollte in den Startlöchern stehen. Sie würden sofort losfahren.

Die beiden wußten nichts zu sagen. Sie waren sicher, daß sie die Zeit hier nicht vergessen konnten, und fühlten, wie sie einander vermissen würden. Felix dachte an den Abschied von Bill. Der war richtig lustig gewesen. Jetzt hätte er heulen

mögen vor Traurigkeit. Warum wohnte Gerd nicht in seiner Nähe? Es würde bestimmt alles leichter sein, wenn sie sich öfter sehen könnten – wenigstens manchmal.
»Es kommt nur auf dich an, wie du sprichst«, hatte Herr Reichert gesagt. Das war es ja gerade, wovor Felix Angst hatte! Mit einem Freund wie Gerd würde er sich stark fühlen. Er dachte an den Satz, den sie hier so oft gehört hatten: »Das Stottern gehört zu dir, aber es darf dich nicht mehr beherrschen!« In der Therapie, in der Gruppe, waren solche Sätze vertraut wie Freunde. Aber jetzt, draußen, zu Hause?
»Da kommt er!« schrie Gerd, und im nächsten Augenblick bremste ein roter Opel vor ihnen. Durch das geöffnete Fenster schallte lautes Lachen, das dem von Gerd ähnlich war.
»Haben Sie das Taxi bestellt?« Ein baumlanger Kerl stieg aus, schnappte sich Gerds Koffer und Tasche und verstaute alles im Kofferraum. Im Nu saß er wieder hinter dem Steuer. »Es kann losgehen, Bruderherz!«
Gerd stand vor Felix und wußte nicht, ob er ihm die Hand geben sollte oder einfach nur nicken oder winken oder gar nichts. »Ich schreib mal«, wollte er sagen. Aber es kam nicht. Felix sah, wie sein Kopf zu zucken anfing. Die Augen kreisten. Nur das nicht! dachte er und hatte das Gefühl, als sause ein Fliegerpfeil auf ihn nieder. Gerd atmete tief, setzte neu an, und die Worte kamen, langsam fließend. »Na bitte!« sagte er am Schluß und versuchte sein altes Lachen. Aber es klang fremd. Felix wagte nicht, irgend etwas zu sagen. In seiner Kehle gluckste es. Er gab Gerd die Hand. Und schaute noch lange dem Wagen nach.

»Adieu, Gerd! Du bist mein erster wirklicher Freund. Bill – das war nur wie ein Vorspiel. Und Robert – das kann vielleicht noch was werden!« Langsam drehte er sich um. Da sah er von der anderen Seite seine Eltern anfahren. Sie parkten gegenüber. Stiegen aus. Jetzt holen sie mich nach Hause. Und erwarten, daß ich funktioniere, dachte er. Aber er wußte gleichzeitig, daß es nicht so war – oder nicht *nur* so. Daß er ihnen unrecht tat. Daß seine Angst ihm solche Gedanken in den Kopf trieb. Ich habe nicht gewagt, vor ihnen zu stottern, dachte er, jetzt muß ich es wagen, mit ihnen zu sprechen.
Die Mutter winkte ihm fröhlich zu. Der Vater öffnete die hintere Wagentür. Jemand stieg aus, sah hinüber: mit strahlend blauen Augen. Felix glaubte zu träumen.
Sie trägt die Haare anders! dachte er. Er konnte sich im Augenblick nicht vorstellen, wie sie vorher waren. Aber jetzt waren sie anders!
Die weiße Bluse steht ihr unheimlich gut. Weil sie so braun ist. Wie nach den Ferien! Sie war immer braun, von Natur aus, aber heute ...!
Mensch, sie hat ja einen Rock an! Er hatte sie noch nie in einem Rock gesehen. Jedenfalls erinnerte er sich nicht.
Die Beine sind genauso braun wie die Arme. Und sehr lang!
Irgendwie kam sie ihm heute überhaupt größer vor.
Ihre Augen sind wirklich sehr blau!
Sie war noch viel hübscher als das Mädchen auf dem Foto in seinem Portemonnaie.